PETTERSSON

Morden im Norden

bisher erschienen:

1. Isaksen, Mild ist die färöische Sommernacht
2. Christensen, Der Joker sticht
3. Turèll, Mord in Rodby
4. Dahl, Tödliche Investitionen
5. Mäki, Die Strumpfbandnatter
6. Hovland, Nebengleise
7. Rygg, Der Schmetterlingsschmuck
8. Turèll, Mord auf Malta

Markku Ropponen

Ein Mann verschwindet im Regen

Kriminalroman

aus dem Finnischen
von Stefan Moster

PETTERSSON

Titel der Originalausgabe
MIES KATOAA SATEESEEN

CIP-Einheitsaufnahme - Deutsche Bibliothek

Ropponen, Markku:

Ein Mann verschwindet im Regen : Kriminalroman /
Markku Ropponen. Aus dem Finnischen von Stefan Moster. - 1. Aufl. -
Münster : Pettersson, 1997
(Morden im Norden; 7)
ISBN 3-930704-08-0
NE: GT

1. Auflage

Printed in Finnland 1997
Umschlagillustration: Bengt Lindberg
Druck: WSOY, Helsinki

ISBN 3-930704-08-0

I

Gleich am ersten Werktag nach Dreikönig erschlug er in einiger Entfernung vom Ufer seine Frau. Die Temperatur war auf zwanzig Grad unter Null gefallen, und die Frau brach zusammen, ohne einen Laut von sich zu geben. Es war schwierig, den ausschlaggebenden Grund für die Tat zu finden; vermutlich wirkten Dinge wie „die Last der zusammen verlebten Jahre“ oder „unüberbrückbare charakterliche Differenzen“ als unbewußte Antriebe.

Er schob den blutdurchtränkten Schnee in ein Loch, das er ins Eis gehauen hatte und holte aus dem Vorraum der Sauna einen schwarzen Müllsack. Darin verpackte er die Leiche. Das scharfe Kratzen des Pickels auf dem Eis zerriß das monotone Rauschen des Windes. Andere Geräusche waren nicht zu hören. Auf dem Schlitten glitt die Frau bequem bis zum Erdkeller. Er räumte ihr hinter den Kürbiskonserven einen Platz frei, verschloß die Tür, brachte den Schlitten in den Schuppen und heizte die Sauna ein.

Nach der Sauna setzte er sich auf seinen Lieblingsplatz und sah zu, wie der rote Feuerball der Sonne hinter der froststarren Insel versank. Das Leben schien nun einen ruhigeren Lauf zu nehmen. Er stellte sich sein Inneres als etwas Klares und Unbewegliches vor, aber solange die Sonne zu sehen war, akzeptierte er keinen der Vergleiche, die ihm in den Sinn kamen; weder das Silber noch die Quelle mitten im Wald. Bevor er sich die Sendung über die Galapagosinseln ansah, aß er den Rest der ausgezeichneten Lasagne, die seine Frau zubereitet hatte und trank zwei Gläser Rotwein. Später am Abend machte er Feuer im Kamin, sah zu, wie die Flammen an den Seiten der Holzscheite entlangkletterten und rief einmal aus Versehen seine Frau zu sich.

Die spärliche Fauna der Insel bestand aus vielen kleinen Welten in Miniaturformat. Ohne intensive Bemühungen würde jede einzelne von ihnen zugrunde gehen. Man

brauchte finanzielle Mittel, man brauchte wissenschaftliche Untersuchungen, und man brauchte eine Menge Glück. Und selbst dann war nicht sicher, ob den kommenden Generationen etwas erhalten bleiben würde.
Die Sachen seiner Frau paßten alle in einen Sack von der gleichen Größe, wie der, in den sie selbst hineingepaßt hatte. Als letztes verpackte er die sechs Büstenhalter, die nach Weichspüler rochen. Über dem übrigen Nachlaß lag ein leichter Duft von Maiglöckchenparfüm. Er stellte den Sack hinter die Reserveöltonne in eine Ecke des Schuppens, wo er eigens dafür Platz gemacht hatte.
Im Wald und auf dem See dröhnte der Frost. Das unwirkliche Krachen in der Morgen- und Abenddämmerung ließ an eine große, starke Faust denken. Und Dämmerung gab es ja mehr als genug. Und wie viel Freude machten ihm die Gimpel und Birkenzeisige, wenn sie vor der Kulisse des weißen Schnees um die Laternen herumflatterten! Obwohl der Winter streng war, ließ er die Konturen weicher werden, und in den wenigen hellen Stunden des Tages sah die oberste Schicht der Schneefläche aus wie mit Diamantstaub bedeckt. Er verfolgte das alles von seinem mit Rentierfell gepolsterten Schaukelstuhl aus und verspürte eine demütige Dankbarkeit, leben zu dürfen. Wahrscheinlich war es reiner Zufall, mit welcher Ich-Struktur jeder Einzelne die Untiefen der Lebensjahre bewältigen mußte, aber ohne Empfindsamkeit war das Menschsein einfach unvollkommen. Und er wußte, diese Eigenschaft war ihm in überreichem Maße gegeben worden, mochten die anderen auch sagen, was sie wollten. Empfindsamkeit bedeutete nichts anderes, als zu begreifen, was Schönheit ist, und wenn man das begriffen hatte, war man nahe an der Antwort auf die Frage nach der Bestimmung des Menschen. War nicht schon der bloße Wechsel der Jahreszeiten ein Grund zu leben - oder

das Glänzen des Schnees oder die massive Kathedrale des Waldes im Januar?

Er begann, im eigenen Takt den Sarg zu zimmern und fragte von Zeit zu Zeit seine Frau um ihre Meinung zu diesem oder jenem Arbeitsabschnitt. Nicht etwa weil es sich gelohnt hätte, auf ihre Meinung zu hören, sondern weil es höflich war zu fragen, und damit er das Sprechen nicht völlig verlernte. Außerdem schuf das Reden eine behagliche Atmosphäre in der Werkstatt.

Schon vor Jahren hatte er die fast astlosen, gehobelten Bretter gekauft und sie auf dem Dachboden des Schuppens aufbewahrt, mit der Absicht, damit den Vorraum der Sauna auszukleiden, anschließend zusätzliche Pritschen für die eigentliche Sauna zu zimmern und so weiter, bis nun nahezu unbemerkt ein anderer Bedarf entstanden war. Auch das Sägewerk war vor kurzem Bankrott gegangen, aus dem Dorf war ein Geisterdorf geworden, und sein belebtester Ort war eine von grölenden Pilssäufern bevölkerte Wirtschaft. Das Muster für den hölzernen Paletot entnahm er einem alten volkskundlichen Buch, auf dessen hinteren verknickten Seiten sich vergilbte Zeichnungen von Särgen fanden.

Am meisten begeisterte er sich für einen kahnförmigen und schlanken im Petsamo-Stil, aber auch ein Modell, wie es vor langer Zeit die Mönche in Valamo in Gebrauch hatten, besaß seine Vorzüge, wenn man auch auf die Innenseite des Deckels ein technisch anspruchsvolles Skelett hätte zeichnen müssen. Da er nicht mit ernsten Dingen Scherze treiben wollte, entschied er sich für das Petsamo-Modell. Schließlich war seine Frau ja kein Mönch gewesen.

In der Zeit, in der er den Sarg anfertigte, zur Mondwende, begann eine interessante Fernsehserie über die unberührten Naturreservate des Globus, deren einzelne Folgen er aufzeichnete. Die handwerkliche Tätigkeit und die briti-

schen Dokumentarfilme brachten die Tage ins Gleichgewicht und verliehen ihnen Inhalt: Gab es etwas Behaglicheres als fliegende Späne, ein sich ins Holz hineinfressendes Sägeblatt oder ein Standbild vom Rande des Dschungels, wo ein mit Baumwollshorts bekleideter Malcolm Lindsay mit der Hand den Schädel einer Meerkatze ausmißt? Sendung für Sendung wurde bewiesen, wie schön und zweckentsprechend ein unverfälschtes, Leben und Tod in gleichem Maße akzeptierendes Dasein ist.
In der Schreibtischschublade hatte er einen Stoß in Wachstuch eingebundener Hefte, in denen er die aufgezeichneten Sendungen nach Thema, Regisseur, Moderator oder nach dem Teil des Globus oder des Universums, den sie behandelten, auflistete. Zusätzlich versah er die Sendungen mit ein bis fünf Sternen und schrieb dazu einige Sätze zu ihrer Charakterisierung.
In der untersten, verschlossenen Schublade des Schreibtischs aber bewahrte er dicke Hefte mit schwarzen Umschlägen für seine Memoiren auf, denn es war einer seiner großen Träume, einmal seine Erinnerungen niederzuschreiben. Vorläufig war er noch nicht über den Anfangssatz hinausgekommen - und davon war schon ein Heft zur Hälfte voll. Die vielversprechendsten Varianten wußte er auswendig: „Ich wurde zwischen den Beinen meiner Mutter und mitten im Getöse der Offensive während des Fortsetzungskrieges in einem ostfinnischen Kreiskrankenhaus geboren, auf der Stirn eine Saugglocke, deren Griff leicht ins Zittern geriet, als der Arzt sie löste, dank der starken Artilleriekonzentration, die die Laufgräben umpflügte“ oder „Meine erste Erinnerung ist ein an der Klappe des Kachelofens in der Küche hängendes Errol-Flynn-Mobile, das der durch das Fenster hereinblasende Wind hin und her schaukelte, während meine Mutter Beerenbrei quirlte“.

Als der Schnee verkrustete, beschloß er, keine Nitrate mehr einzunehmen. War er doch seit Dreikönig kein einziges Mal schweißgebadet und angsterfüllt aufgewacht; das Atmen schien leicht zu gehen, und das Blut floß geschmeidig in seinen Kanälen. Die Herzsymptome, die Frührente und all das hatten ihn einige Jahre zuvor gebremst, und als der Arzt die Theorie von zu salzigem Essen, zu vielen Schnäpsen, irgendwelchen ungünstigen Eigenschaften des Nervensystems und von einer stressigen Zeit vor ihm aufgetürmt hatte, waren ihm schon all die gereimten, fließenden Gedenkverse oder lakonischen Abschiede vor Augen getreten, mit deren unbeabsichtigter Komik es nur das gelebte Leben aufnehmen konnte. Er mußte die Firma aufgeben, die Halle und das Grundstück verkaufen und aufhören, auf allen Hochzeiten zu tanzen. Das war nun alles vorbei, und wenn er selbst bei fünfzehn Grad unter Null noch auf Skiern um die Insel herum lief, spürte er keinerlei Beklemmung. Einmal sah er einen Fuchs in Richtung Westen schnüren, Hasen waren an jenem Tag selten, und es war keineswegs ungewöhnlich, wenn es gelang, mit dem Fernglas einen Elch zu verfolgen, der mit dampfender Schnauze durch eine Schneewehe am Moorrand watete. An milderen Tagen weitete er seine Runde bis hinter die Petersklippe aus, wo sich ihm der Blick auf die weite, offene Seefläche öffnete.

Am achten März wurde er sechsundvierzig Jahre alt, und so wie er es geplant hatte, wurde der Sarg an diesem Tag fertig. Er saß still auf einer Trittleiter, die mit Rum verschärfte Tasse Kaffee neben sich auf der Hobelbank und berührte die lackierten Kanten des Sargs, streichelte seine Seitenbretter und betrachtete entzückt das Spiel der Sonnenstrahlen auf den Köpfen der Kupfernägel. Fehlte nur noch die Innenausstattung, die Polsterung. Am Nachmittag

briet er sich knusprige Plinsen, die er sich mit Himbeermarmelade schmecken ließ. An der Wand tickte die Uhr, im Ährenstrauß wimmelte es von Insektenflügeln, ein Butterklümpchen knisterte am Pfannenboden und verbreitete einen appetitlichen Duft. Mit freudiger Erwartung dachte er an das Abendprogramm und daran, daß es bis zur Schneeschmelze nicht mehr lange dauern würde.
Als er am nächsten Morgen nach dem Rasieren barfuß und in Unterhosen zum Fenster in der Eßecke tappte, bemerkte er die Ankömmlinge sofort, als sie in den Weg einbogen und auf das Haus zustapften. Er deckte den Sarg mit einem alten Laken zu, verschloß die Tür zur Werkstatt und dachte, daß man nie wissen konnte, was den Leuten so alles einfällt.
Der erste klopfte sich bereits im Vorraum mit seiner Wolfsmütze den Schnee von der Hose; der andere lag einige Schritte zurück und näherte sich mit rotem Kopf. Glan und Varvikko - der Ortspolizist und der Chef der Jeansfabrik. Beide waren gute Bekannte, und Varvikko hatte ihm die Fertigungshalle samt Grundstück zu dem hohen Preis abgekauft, den er sich vorgestellt hatte. Und beide waren gute Esser - kein Wunder, daß sie nur so langsam vorankamen.

Varvikko streckte ihm ein viereckiges Päckchen entgegen, und er bedankte sich, auch wenn er sich fragte, woher die Männer von seinem Geburtstag wußten; bisher hatte er von ihnen noch nie ein Geburtstagsgeschenk bekommen. Varvikko hängte seine Kluft an den Kleiderhaken und sagte, das Päckchen sei für die Gattin. Er legte es aus der Hand und bedauerte, daß seine Frau bei ihrer Schwester in Ostbottnien sei, das Päckchen würde inzwischen jedoch nicht verloren gehen. Er versprach, auf das Geschenk aufzupassen und lachte und fragte sich plötzlich, wie dieses

Lachen wohl in Varvikkos und Glans Ohren klang. Verdammt, er hatte seit Wochen nicht mehr gelacht! Als würde ein Buttermesser gegen einen Tellerrand stoßen. Müßte er vielleicht mit Lachübungen beginnen, müßte er vielleicht auch andere, für den sozialen Umgang notwendige Formen der Lautbildung aufrechterhalten, damit sie nicht in Vergessenheit gerieten?

Er bot den Männern Zwetschgenwasser an, setzte sich ihnen gegenüber auf das Ledersofa und sprach eine Dreiviertelstunde lang über alltägliche Dinge, ohne herauszubekommen, warum dieser Besuch sein mußte. Varvikko pries auf banale Weise den Winter, klagte über seine Geschäfte und der Sheriff erzählte, wie er in einen Streit mit einem betrunkenen Motorschlittenfahrer geraten war. Varvikko war ein ziemlich nichtssagender Mensch, aber Glan hatte einige schwer definierbare Ecken und Kanten, und wenn er zwanzig Jahre jünger und dreißig Kilo leichter gewesen wäre, hätte man ihn sich in einem Film aus den Fünfzigern vorstellen können - vielleicht sogar gerade als Dorfsheriff.

Er verfolgte, wie sich Glan und Varvikko entfernten und mußte unweigerlich denken, über welch mittelmäßige Dinge die beiden sich ausgelassen hatten. Ihre Empfindsamkeit beschränkte sich auf die Kultivierung der Bauchgegend, und davon abgesehen waren sie hoffnungslose Angsthasen. Schon ein bloßes Händeklatschen hätte sie in die Knie gezwungen. In den Augen beider glänzte ein dünner, vor Falschheit feuchter Film von Scheinfreundlichkeit, hinter dem der unterste Bodensatz der menschlichen Seele hervorschimmerte, den man sich vorstellen konnte: Habsucht, Neid, Argwohn, primitive Neugierde und ein nur mühsam zurückgehaltener Wille zur Perversion. Kurz bevor die Männer im Schutz der Fichten verschwanden, dachte er lächelnd, wie leicht man sie mit zwei gezielten Kugeln auf

dem Weg zum Fallen bringen könnte. Sie waren gekommen, um nach der Frau Ausschau zu halten. Er öffnete Varvikkos Päckchen, fand darin einen Jeansrock und riß ihn mit einem kräftigen Ruck am Saum entzwei.
Nach dem Fernsehen schob er den Sarg seiner Frau vor den Kamin und legte sich mit angezogenen Knien hinein. Das Feuer prasselte, und die Schatten der Flammen warfen Muster an die Wand. Im Fernsehen hatten sie einen Film über das Leben der Hyänen gezeigt, ein Quiz und eine amerikanische Seifenoper. Die späte, warme Stunde machte ihn müde; die Sendungen vermischten sich zu einem bunten Bilderstrom. Schließlich schlief er ein. Seine Frau hockte am Rand des Eislochs und spülte die häßliche Wunde an der Schläfe aus. Sie redete irgend etwas, klagte wohl über die Schmerzen am Kopf oder über die Kälte oder sagte, wie angenehm frisch das Wasser sei.
Als er nach Mitternacht aufwachte, erschrak er und wechselte vom Sarg in sein eigenes Bett, das lang genug war, um die Beine ausstrecken zu können und doppelt so breit, jetzt, da die Frau kein Bett mehr brauchte.
Am zweiten Wochenende im März schrieb er an das innere Fußende des Sargs die Vornamen seiner Frau - Auli Helena -, den Mädchennamen sowie Geburts- und Todestag, denn an die Anfertigung eines Grabsteines war nicht zu denken, weil das Erklärungen erfordern würde, falls Glan und Varvikko einen neuen Rock brächten oder kämen, um zu fragen, ob der vorige passe. Die Schreibstellung war kompliziert, die Hand mußte in eine unnatürliche Haltung gebogen werden, und dadurch verrutschte das letzte „n" des Familiennamens. Dieser Fehler machte ihn nervös. Minutenlang mußte er sich auf die Trittleiter setzen, bis er einsah, daß niemand den Text je lesen würde. Er fütterte die Kiste aus, indem er den grünen kunstseidenen Morgenman-

tel seiner Frau an den Brettern festheftete. Als Kissen nahm er eine mit Sägemehl und Spänen gefüllte alte Erstehilfetasche, und obwohl die Innenauskleidung weit entfernt von dem Petsamoer Vorbild war, machte das Gesamtbild einen gefälligen Eindruck. Was hatte seine Frau schon davon, wenn sie in der ewigen Ruhe darin lag; es war beinahe schade, ein solches Kunstwerk zum Verrotten in der Erde zu versenken.

In der letzten Märzwoche witterte er den Südwestwind, der den Frühling ankündigte und hörte, wie mit dumpfem Aufschlag Schneeklumpen von den flechtenbewachsenen Ästen herabfielen. Er ging zu der künftigen Grabstätte am Ufer und stampfte die Umrisse einer Grube in den Schnee, wobei er Stücke von Kirchenliedern aus seiner Volksschulzeit vor sich hin trällerte.

Weil die Zeit zum Graben noch nicht reif war, durchsuchte er das Haus von oben bis unten, um auch noch die allerletzten Sachen seiner Frau aufzustöbern. Im obersten Fach der Kleiderkammer fand er in einem topfähnlichen preußischen Helm eine Handvoll Gold- und Silberschmuck, den seine Frau dort wie einen Schatz versteckt hatte. Den hatten sie während einer Auslandsreise in einem österreichischen Antiquitätenladen erstanden. Im Wandschrank in einer Ecke der Werkstatt fanden sich hinter einem Behälter mit Firnis Puppenkleider und eine Puppe aus Kindertagen. Sie saß nackt und mit zugeklappten Augen auf einem Schuhkarton und war sehr hübsch mit ihren roten Lippen. Als er sie auf den Bauch drehte, gab sie einen Laut von sich. Er drehte sie immer schneller hin und her, schloß dabei auch die eigenen Augen, bis die Laute sich ohne Unterbrechung aneinanderreihten und zu einem Weinen wurden. Zum Schluß schleuderte er die Puppe gegen die Wand, so daß ihr Kopf zerbarst und die Gliedmaßen nach allen Seiten flogen. Es dauerte eine Weile, bis er die Splitter eingesammelt hatte, ein Stück von der Schädeldecke war gegen den Sarg geprallt. Natürlich hatte seine Frau die Puppe in reiner Spionageabsicht im Wandschrank deponiert, was aber hatte sie vermutet durch das von Firnis angelaufene kleine Fräulein herauszubekommen? Durch dieses Hartplastikfräulein? Vielleicht hatte das Leben inmitten der Natur an ihren Kräften gezehrt, vielleicht war sie dadurch übertrieben mißtrauisch geworden.

Die allerletzten Sachen tauchten in den verschiedensten Ecken auf, als hätte seine Frau sie für irgendeinen besonderen Zweck verborgen gehalten, als wäre sie sich über ihr Schicksal im Klaren gewesen und hätte der Nachwelt Hinweise auf sich selbst hinterlassen wollen. Alles so seltsam zu verstreuen, paßte allerdings zu ihrem Charakter.

Auf dem Abort lagen in der Holztruhe neben dem Kalkkübel alte Jahrgänge von Frauenzeitschriften und ein Kleid, das seine Frau - wie er sich gut erinnerte - einmal bei einem Empfang des Regierungspräsidenten getragen hatte sowie zu anderen Anlässen Mitte der siebziger Jahre, als sie Anerkennung und Auszeichnungen als Unternehmer erhalten hatten. Das Kleid besaß einen weiten Ausschnitt und spitzenähnliche Fältelungen am Saum. Es war mit dunklen, abstrakten Figuren gemustert und sonderte denselben staubigen, muffigen Geruch ab wie die Zeitschriften. Als er es in die Hand nahm, fiel zwischen den Zeitschriftenbündeln eine Brosche aus Elfenbein heraus, die seine Frau von einer rumänischen Handelsdelegation bekommen hatte.

Dann natürlich die Photos. Sie befanden sich in Alben und in Konfektdosen aus Blech, in Schubläden und in Regalen. Er zerriß sämtliche Bilder außer einem, auf dem die Frau fünf oder sechs war, und man sie nicht als seine Frau erkennen konnte. Sie trippelte mit nacktem Bauch an einem son-

nigen Sandstrand herum und lachte, einen Finger in der Nase, in die Kamera. Fast auf jeden einzelnen Lebensmonat der Frau kam ein Photo. Der Müllsack wurde bis oben hin voll, paßte aber trotzdem bequem hinter das Ölfaß.
Der Schnee begann zu schmelzen - das Wunder des Frühlings. Gut in Form lief er auf Skiern bis zur Petersklippe und von dort bis zur Bahn. Am zweiten Ostertag packte er Proviant und Schlafsack in seinen Rucksack und zog einen Schlitten, beladen mit großen Fichtenzweigen, hinter sich her, aus denen er an der Klippe zwischen zwei groben, mit Reif überzogenen Steinen einen Windschutz baute. Bevor es dunkel geworden war, saß er am Feuer und trank Grog; es war einsam, verlassen und leer, nicht einmal der Himmel zeigte irgendeine Farbe.
Von solchen Orten aus betrachtet, war alles genau so, wie es vor hundert oder tausend Jahren gewesen war und wie es auch sein würde, wenn er nicht mehr wäre. Er lehnte seine Wange gegen die brennende Kälte des Steins und weinte.
Zwischen zwei und drei in der Nacht wachte er auf und blies Flammen in die Glut. Lautlos fielen schwere Schneeflocken auf das Eis, die Finsternis war die des Alten Testaments, der Winter war dabei zu erliegen. Er stellte sich vor, der letzte Soldat aus Napoleons zurückweichender Armee zu sein und schmiedete so lange an einem Abschiedsbrief, bis er von neuem einschlief.
An einem Apriltag waren gefährliche Risse im Eis entstanden; die Skistöcke stocherten im nassen Schnee und manchmal stieß eine Stockspitze auf einen Stein oder eine Wurzel. Er traute sich nicht mehr auf den See hinaus, und wie schon so oft, weckte die abschiednehmende Jahreszeit eine unbestimmte Sehnsucht in ihm. Vielleicht war es die Sehnsucht nach der Kindheit, vielleicht die Sehnsucht nach dem

Tod - immer nagte das gleiche Gefühl an ihm, wenn nach dem Sommer der Herbst kam, nach dem Herbst der Winter und nach dem Winter der Frühling.
In der Dorfkneipe gingen ihm die Alten aus dem Weg und gesellten sich nur im Notfall zu ihm an den Tisch. Im allgemeinen trank er nur ein Bier und sagte von sich aus kein Wort. Einige fragten nach seiner Frau, aber er sagte, sie sei guter Dinge und unterwegs bei Verwandten. Das Unterbewußtsein bereitete ihn auf ihr Begräbnis vor, indem es kleine, seltsame Erinnerungen aus tiefer Vergangenheit zutage förderte, als ob sie geheime, schwer erklärbare Bedeutungen hätten.
Seine Frau, wie sie am Bahnhof von Kouvola aus dem Zug springt, im dünnen Sommerkleid auf ihn zu geht und ihm sagt, wie ablehnend ihre Eltern der Freundschaft des jungen Paares gegenüberstünden. Seine Frau mit gespreizten Beinen unter ihm auf der Rückbank des Moss; was für ein lächerliches Schaukeln und unterdrücktes Jammern. Und die Wortlosigkeit nach jener glitschigen Vereinigung, das Knistern des Zellophanpapiers um die Zigarettenschachtel, das Wissen, daß die Liebe außer Reichweite liegt. Seine Frau, wie sie gelangweilt eine Modezeitschrift liest, im flakkernden Licht des Büros, auf ihrem Gesicht jene Leere, die alle Falten glättet.
In der dritten Aprilwoche löste sich krachend das Eis. Als er Moose Kovanen im Dorfladen traf, bat er ihn, ihm beim Installieren des Stegs zu helfen. Moose war zwergwüchsig, verkrüppelt und geistig behindert, konnte aber selbständig leben. Manchmal hatte ihm die Frau Maiglöckchen, Besen und Birkenbüschel abgekauft. Sein Koben stand am Rand des Moors, den Hof voller Gerümpel vom Sperrmüll.
In Mooses Augen blitzte der angeborene Irrsinn, und besonders gefiel ihm, daß man mit Moose nicht ständig un-

nützes Zeug reden mußte. Sein Gesicht kannte im allgemeinen nur einen Ausdruck. Er rüstete sich mit hohen Angelstiefeln, Regenhosen und Fäustlingen aus, so daß er fertig war, als Moose durch das Tor in den Hof trottete und mit offenem Mund in die Gegend starrte. Auf dem Kopf schaukelte eine Mütze aus Kunstpelz, die Hälfte der Knöpfe an der Lodenjacke waren mit Sicherheitsnadeln befestigt. Moose streckte seine von Arbeit gegerbte Hand aus und brummte.

Bald darauf watete Moose bereits furchtlos im kalten Wasser und steuerte einen Teil des Pontons an seinen Platz. Man brauchte ihn nur mit einem Keks zu locken und ihm mit der Hand zu zeigen, wo er hinbalancieren mußte. Moose schnaubte und ächzte; aus seiner Nase lief Rotz, aber ganz bestimmt war er glücklich und zufrieden. Die Scharniere paßten; Moose korrigierte den Sitz seiner Mütze und applaudierte. Für einen kurzen Moment war er versucht, Moose den Keks in den Bauch zu stoßen; ohne sich wehren zu können, wäre er rückwärts auf einen Stein unter Wasser gefallen und ertrunken. Kaum anzunehmen, daß der Gnom schwimmen konnte. Er hob den Keks in die Höhe, senkte ihn auf Schulterhöhe und lächelte Moose zu, der sich daraufhin bückte, um die Plastikschnur wegzuziehen, die sich um seine ausgetretenen Schuhe schlängelte.

Moose schneuzte den Inhalt seiner Nase auf die Sandbank und brummte zustimmend, als er ihm das Zwetschgenwasser hinhielt. Es war müßig, sich vorzustellen, wie alt er war, oder ob er Vater oder Mutter hatte. Vor seinen Augen wippte ein anderthalb Meter großer, hinkender Sonderling hin und her, der sich mühsam am Verandageländer hochzog und gegen das Licht nach seinem Schnaps spähte. Mooses Hasenscharte war nie geflickt worden, und der spärliche Bartwuchs konnte sie auch nicht verbergen. Er hob sein

Glas und versprach, seiner Frau Grüße auszurichten, als Moose mit Gesten und Lallen die Frage zum Ausdruck brachte, wo sich denn die Alte verstecke. Warum vermißten plötzlich alle seine Frau? Er zahlte Moose einen Fünfziger und sah ohne etwas zu empfinden zu, wie sich die Gnomgestalt entfernte.

Zwei Tage nach Mooses Besuch, als er gerade dabei war, mit dem Spaten das zukünftige Grab seiner Frau auszuheben und vom Maränenfischen hinter der Petersklippe träumte, tauchte mit großem Hallo Ortspolizist Glan auf. Er trug eine braune Lederjacke, einen schwarzen Schnurrbart und dieselbe unschuldige Miene wie beim letzten Mal. Er kam ans Ufer und fragte, wie es gehe, wobei er die Hand, die er ihm zur Begrüßung gegeben hatte, gar nicht mehr loslassen wollte. Glans süßliches Rasierwasser paßte verblüffend schlecht zur Umgebung. Auf Glans Feststellung, das Eis sei geschmolzen und der Frühling würde anbrechen, nickte er, spähte in dieselbe Richtung wie der Sheriff und erwog, ihm den Spaten ins Genick zu schlagen. So, daß es krachen würde.

Plötzlich stampfte Glan gedankenverloren mit dem Fuß auf die oberste Erdschicht der künftigen Ruhestätte und erkundigte sich erneut in vorsichtigen Wendungen, wo sich denn wohl die Gattin aufhalte. Er wolle sich zwar keineswegs in das Privatleben anderer Leute einmischen, aber aus dem Dorf waren ein paar Anrufe gekommen - anonyme natürlich - und bestimmt ließe sich die Angelegenheit ganz leicht erklären. Glan sah ihn kein einziges Mal an, sondern schaute immerzu auf den See. Nichts deutete darauf hin, daß er auf der Hut war.

Er stellte den Spaten schräg gegen eine junge Fichte, schleuderte einen Lehmbrocken ins Wasser und gestand, seine Ehe sei schon vor Jahren den Bach hinuntergegangen, das

Zusammenleben sei unerträglich geworden. Weil sie kinderlos waren, hatten sie nur sich gehabt, und als diese Beziehung nicht funktionierte, war das Leben dumpf geworden. Oder hatte der Ortspolizist Erfahrungen damit, wie es war, zwei Wochen lang mit der eigenen Frau kein einziges Wort zu wechseln? - hoffentlich nicht, kann man da bloß sagen. Und wie man anfängt, sich an der Art, wie der andere seinen Abendtee trinkt zu stören, oder an seiner Körperhaltung oder wie er mit der Zahnbürste im Becher klappert? Wie soll es da weitergehen? Er wollte seiner Frau keine Vorwürfe machen; beide hatten sie ihre Fehler, und weil sich der Wille zum Einvernehmen in Grenzen hielt, war Trennung die beste Lösung.

Die Frau war schon im Winter fortgegangen; sie hatte ihre Sachen zusammengepackt und war kurz nach Dreikönig verschwunden. Nur einen kurzen Brief hatte sie auf dem Küchentisch hinterlassen. Im Grunde verdiente ihre Entscheidung allen Respekt. Er gab zu, gelogen zu haben, als Glan und Varvikko da gewesen waren, aber nur deshalb, weil die Situation noch ganz neu war und er im Innersten Schmerz und Demütigung empfand. Die Trennung erforderte Trauerarbeit. Glan nickte und verscheuchte den Anflug eines kitzelnden Lächelns aus seinen Mundwinkeln. Das Angebot, den Brief anzusehen, lehnte er ab. Er entschuldigte sich für seine Aufdringlichkeit und fragte nicht, wo die Frau hingezogen war.

Nachdem er den Besuch des Polizisten verdrängt hatte, holte er das Abendkleid mit den Spitzen aus dem Sack und wusch es mit den Händen in einer heißen Lauge, die so schwarz wurde, daß schwer zu sagen war, ob aus dem Stoff die Farbe ausging, oder ob es sich um reinen Schmutz handelte. Als das Kleid getrocknet war, bügelte er es und legte es zusammengefaltet auf den Sargboden. Den passenden

Schmuck auszuwählen, war nicht einfach; diese Art von Ästhetik war ihm fremd, er wußte nur, daß es nicht zuviel von dem Glimmer sein durfte. Ein Armband oder eine Kette, vielleicht noch ein Ring. Schließlich pickte er gleichgültig ein klassisches Kameegehänge und einen schmalen Diamantring heraus und ließ sie auf das Kleid fallen.

Am ersten Tag des Grabens gab er Nitroglyzerol auf Wolfs Hügel, scharrte versuchsweise eine Schaufel rötlicher, tonhaltiger Erde auf und kühlte sich im Wind, der vom See her blies, die Schläfen. Es gab keinen Grund, in Hast oder Eifer auszubrechen. Am folgenden Abend hatte die zum See hin mit Holzresten verstrebte Grube die nötigen Ausmaße, und als er das schwankende Gerüst bis auf den Boden hinunter kletterte, wußte er, daß ihm alles noch besser gelang, als erwartet.

Um sechs läutete der Wecker, der Morgen schien hell und klar zu werden; der beste Morgen dieses Frühlings. Aus der Kleiderkammer holte er den Smoking, den seine Frau gebügelt hatte, den blauen, sauberen Arbeitsoverall und ging damit zur Sauna. Bis der Ofen warm war, ließ er sich das Frühstück schmecken und beschloß, das Haus gleich bei Sommeranfang zu verkaufen. Was sollte er jetzt noch damit? Es war unpassend, sich den Sinn zu trüben, wo noch so viel vor ihm lag, jetzt, da die Frau und Wolf ihre Ruhe gefunden hatten.

In der Sauna machte er sich schonungslose Aufgüsse und bürstete sich mit reichlich Seife den Nacken. Dann schnitt er sich die Fingernägel und rasierte sich, wobei er neugierig sein Gesicht in dem kleinen Spiegel betrachtete. Besser war es, die Anzeige in ein paar weit verbreiteten Tageszeitungen unterzubringen, als den Verkauf irgendeinem gierigen Makler zu überlassen. Der Smoking paßte gut. Er trat noch einmal rasch vor den Ganzkörperspiegel, um sich selbst zu

bewundern, bevor er den Overall überzog. Am besten war es, einen vernünftigen Preis zu machen und sich für die Anzeige einige sorgfältig überlegte Termini wie „erfrischend“, „üppig“ oder „entzückende kleine Oase“ auszudenken.
Er band den Petsamoer auf die Schubkarre und schwankte mit seiner Fracht zur Grube, die schwarz, tief und verläßlich zum Himmel starrte.
Der Kellerschlüssel befand sich nicht hinter dem Spiegel mit dem Kummetrahmen, obwohl er ihn dort hingehängt hatte. Keine Spur von dem Schlüssel. Er nahm den Spiegel ab, starrte auf die leere Wand, dann auf sein Gesicht und knallte den Spiegel auf den Boden. Die Scherben knirschten unter den Sohlen der Lackschuhe. Er eilte zum Grab, drehte das Kissen um, schüttelte das Kleid seiner Frau und klirrte mit dem Schmuck, während er sich eingestand, daß kein Mensch ohne Fehler ist. Natürlich kann ein Schlüssel verschwinden, einem, der über vierzig ist, kann noch manch Größeres abhanden kommen. Es blieb ihm nichts anderes übrig, als ein Nitroglyzerol unter die Zunge zu schieben. Fluchend trabte er zur Sauna und warf die schmutzige Unterwäsche im Vorraum herum. In der Sauna trat er gegen den Heißwasserbehälter, mißhandelte das Thermometer und setzte sich auf den Waschschemel, um die Schürfung zu polieren, die am Schuh entstanden war. Spielte ihm hier seine Frau aus dem Jenseits einen Streich?
An den Holzzapfen im Vorraum hingen ein primitiver, aus einer Ketchupflasche hergestellter Kloben und ein alter, klappernder Angelkasten, aber kein Schlüssel. Er war nirgendwo zu finden, und als er sich nach der Suche im Hof den Nacken massierte, war der Tag in seiner ganzen herrlichen Klarheit angebrochen. Der erste Mäusebussard des Frühjahrs schwebte, das Firmament streifend, in der blau-

en Luft, ein Eichhörnchen raschelte in den Wipfeln, und eine goldene Wolke glitt anmutig über den Horizont, um sich in den Strahlen der Sonne ins Unsichtbare aufzulösen. Gingen auf der Welt nicht Lastwagenladungen von Schlüsseln verloren - wo ist der Klavierschlüssel, wo ist der Kassenschlüssel, wo ist der Tagebuchschlüssel? Wo ist der Kellerschlüssel?

Nachdem er die Spiegelscherben zusammengekehrt hatte, holte er die Pistole aus der Kleiderkammer, lud sie mit einem vollen Magazin und trat vor die Kellertür. Dort war eine vereiste Schmelzwasserpfütze. Er hob die Waffe. Da fiel ihm ein, daß die Kugel zu einem Querschläger werden und ihm in die Stirn dringen könnte. Sollte er nach all den Mühen mit der Fresse hier im Dreck liegen? Und in welcher Entfernung lauerten ihm Glan und Varvikko auf, oder jemand anders, der durch das Geräusch des Schusses aufmerksam werden konnte?

Er setzte die Brechstange an und stemmte, das Metall bog sich und das Holz krachte.

Das Ankleiden der Frau brachte ihn aus dem Gleichgewicht. Er hatte sich nicht vorstellen können, wie zartbesaitet er war. Neben all den emotionalen Anstrengungen war die Aufgabe auch technisch schwer zu bewältigen; nannte man das nicht *rigor mortis*? Das Kleid mußte hinten und vorne aufgerissen werden, die Arbeit brachte ihn zum Schwitzen, und natürlich vergaß er die auswendig gelernte Rede und die Liturgie, die er zusammengereimt hatte, als er vor einiger Zeit auf Skiern über ein Schneefeld geglitten war. Er ließ die Frau am Rand der Grube zurück und ging ins Haus, um ein Zwetschgenwasser zu trinken. Durch das Fenster sah er, wie die Schubkarre nach vorne überkippte. Erst am Abend kehrte er ans Ufer zurück und las direkt von einem Spickzettel ab. Eine graue Miene lag auf dem Gesicht der

Frau. Die Wörter zerstoben im Wind - es war die Stunde des Tages, in der es nicht mehr hell und noch nicht dunkel ist.

II

Der Himmel sah aus wie ein weggeworfenes Blech, über das jemand mit schmutzigen Schuhen hinweggegangen war. Nurkkala erzählte den Witz vom gelähmten Trapezkünstler, ging aber zum Fluchen über, als sich ein Torftransporter vor uns drängte und Dreck auf die Windschutzscheibe spritzte. Das Frostschutzmittel verteilte die Flecken zu einem hellbraunen Film, so daß wir nichts mehr sehen konnten. Nurkkala drehte die Scheibenwischer voll auf, vergaß, wo der Trapezartist hinfiel und drückte den Knopf bis zum Anschlag: Männeken Piss funktionierte entweder schlecht, oder der Behälter war leer.

„Fahr dort an den Rand!"

„Eigentlich geht das nicht. Schließlich sind wir von der Polizei."

„Ich mach nur schnell sauber."

Nurkkala sah mich ernst an, kurbelte die Seitenscheibe runter und fuhr den Rest der Strecke mit herausgestrecktem Kopf. Die Polizei fährt mit herausgestrecktem Kopf, um die Windschutzscheibe zu schonen!

„Hast du was gesagt?"

„Nein."

„Was?"

Der Kunstrasenplatz lag nach dem nächtlichen Regen als See da, die Tornetze hingen auf beiden Seiten des Platzes wie ausrangierte Reusen herunter.

Die schmächtigen Kiefern vor den Mietshäusern am Hang schwankten träge. Ein Supermarkt, eine Kneipe, ein Kiosk, tausendfünfhundert Autos und viertausend Menschen. Oder genauer gesagt, viertausend minus ein Mensch.

Der Minuseine lag am Rand des Fußballplatzes in einem schlammigen Graben auf dem Bauch, von oben bis unten mit Matsch besudelt. Aus dieser Art von Abseits war schwer herauszukommen. Offene Augen, der klassisch gebrochene

Blick und der Schimmer von etwas, das nicht gerade die Lust zu weiterführenden Interpretationen weckte. Die rechte Hand der Frau lag gekrümmt unter dem Körper, die linke zum Hang hin ausgestreckt. Unter dem hellblauen Mantel war der Saum eines schwarzen Rocks zu erkennen, der armselige Bach, der unter der Leiche rann, hatte die dunklen Pumps ein paar Meter von den Füßen wegbugsiert. Ein Trampelpfad stieß zu den raschelnden Hagebuttensträuchern durch, die der Regen übel zugerichtet hatte und verlor sich irgendwo neben der Straße. War die Frau von der Haltestelle gekommen, oder war sie vielleicht auf dem Weg dorthin gewesen? Ich hörte dem frühmorgendlichen Verkehrsrauschen zu und fragte, wer die Frau gefunden hatte.

„Sie dort drüben."

Nurkkala war damit beschäftigt, die Windschutzscheibe unseres Lada mit einem Lappen zu scheuern, den er weiß Gott wo aufgetrieben hatte. Der Wagen der Spurensicherung und das Sanitätsauto standen im Strafraum. Ich wußte, daß Nurkkala es nicht eilig hatte, zum Tatort zu kommen, und daß er trotz seiner scheinbaren Geschäftigkeit gerade dabei war, sich das Innerste der Umgebung, ihre Substanz oder was auch immer das sein mochte, anzueignen. Etwas in der Art hatte er geäußert, auch wenn die andere Seite der Story darin bestand, daß ihm von Blut, unglücklichen, abgemetzelten Menschen und ekligem Geschmier übel wurde. Ich versuchte, näher zu der Frau hinunterzukommen.

„Mach langsam!"

Mein hinteres Bein kam auf dem Gras ins Rutschen und stieß gegen das vordere, ich kippte um und rutschte die restlichen Meter, mit meinem Mantel als Schlitten, direkt auf die Frau - als hätte sie nicht schon genug durchgemacht.

„Sch..."
„Kuntsi, verdammt!"
Meine leichten Mokassins schlürften den Morast, bis er oben aus den Strümpfen quatschte und die Schenkel besprühte. Am schlimmsten war dennoch der leblose Frauenkörper und das mit Flecken von geronnenem Blut übersäte, wachsartige Gesicht, das mich aus einem Zentimeter Entfernung anstarrte. Ich wälzte mich von der Frau herunter und purzelte auf den Hang. Irgendwo über mir schaukelten ausdrucksvoll die Gesichter von Anttola und Maksimoff von der Spurensicherung, kurz darauf leistete ihnen Nurkkalas schnurrbärtiger, von der Autofahrt zerzauster Kopf Gesellschaft. Das war wahrlich keiner der Königsmomente in meiner Polizeilaufbahn - schon setzte der Himmel zischelnd einen angenehmen Sprühregen in Gang.
„Brauchst du ein Seil?"
„Nein, oder ja, gib mir, verdammt noch mal, die Hand oder irgendwas!"
Sie zerrten mich hoch; auf dem Radweg lungerten Sanitäter mit ihren Bahren herum. In einiger Entfernung rückte die Front der Neugierigen stetig näher und saugte aus dem Zwischenfall alles auf, was es nur aufzusaugen gab. Scheiß Polizist, Schlammtaucher von der Mordkommission, wen wundert's? Wo Nurkkala in aller Ruhe die Partie eröffnet, setze ich die temporeichen Thesen meiner Schule um. Mir fiel nichts Schlaues ein, das ich den Jungs hätte sagen können.
„Ihr habt doch alles photographiert?"
„Ging zu schnell."
Die Frau lag nun in einer völlig anderen Haltung da als zuvor. Unbeabsichtigt hatte ich sie auf den Rücken gedreht. Als hätte ich etwas Böses getan, packte mich Nurkkala und zog mich auf die Seite.

„Du bist von oben bis unten voller Scheiße."
„Wo ist die Frau?"
Das Viertel wurde Korpela genannt und in den sechziger und siebziger Jahren ruckzuck in einem Waldstück hochgezogen. Weder von der Idee noch von der Atmosphäre her repräsentierte die Gegend irgendwelche höheren Ansprüche, sofern man es nicht für einen solchen hält, Menschen ein festes Dach über dem Kopf zu geben. Eine Kaserne dürfte das architektonische Vorbild für die Bauten abgegeben haben - das konnte ich zwar nicht wissen, aber ich versuchte an derartige Dinge zu denken, während ich von oben bis unten voller Dreck zu der Frau humpelte, die sich mit einem grünen Anorak und einem karottengelben, dicken Rock herausgeputzt hatte.
Aus der Zuschauermenge wurden überflüssigerweise Schmährufe herausgeschleudert, denn die Nuancen der jüngsten Blamage gingen mir auch so schon auf den Geist. Die Frau zitterte, die schwarzen Ringe um ihre Augen hatten die gesamte Leichtigkeit des Daseins in ihren Falten verschwinden lassen.
„Kuntsi", sagte ich und zeigte meine Dienstmarke. Ein Lehmbrocken fiel von meinem Ärmel. „Sie haben die Leiche gefunden?"
„Ich habe meinen Morgenspaziergang gemacht. Normalerweise komme ich nicht hier vorbei, aber diesmal mußte ich."
„Um wieviel Uhr war das ungefähr?"
„Kurz nach sechs."
„Sie gehen aber früh spazieren."
„Und früh ins Bett."
Ich löste noch mehr verdammten Lehm von meinem Ärmel. Die Frau schob ihre geäderten Marktfrauenhände in die Jackentaschen und wich einen Schritt zurück. Gott weiß warum, äffte ich die Geste der Alten nach und stieß auf

etwas Seltsames in meiner Tasche. Es war einer der Pumps der Ermordeten. Ich brachte ihn ans Tageslicht und fragte mich, auf welchem Weg er in meine Tasche geschwommen war.

„Haben Sie die Frau vorher schon einmal gesehen?"

„Schon, aber ich weiß weder den Namen noch sonst etwas. Beim Anstehen im Geschäft."

Aus dem Schuh gluckste ein Teelöffel Wasser, ich sah die Frau nachdenklich an und spürte, wie der trockene Lehm an den Augenbrauen kitzelte.

„Von wo sind Sie gekommen?"

„Von dort."

Die Hand schwang in einem weiten Bogen, dem man nichts genaues entnehmen konnte. Die Frau beklagte sich über ihre schlechten Beine, fragte, ob die Tote im Graben umgebracht worden sei, und noch bevor ich antworten konnte wunderte sie sich, wie jemand einer so hübschen Frau etwas antun könne. Allmählich kam sie in Fahrt. Ich bat noch einmal um eine Präzisierung der Uhrzeit und schrieb sie auf, aber plötzlich verstummte die Frau, wobei sie mir einen schüchternen und halbweinerlichen Blick zuwarf, als hätte mein Aufzug sie mit einem Mal verschreckt. Ihren Namen und ihre Adresse bekam ich nur mit Mühe aus ihr heraus.

Sie ging am Wagen von der Spurensicherung vorbei und schleppte sich kraftlos den Hang hinauf. Auch das mittlerweile auf zwei Dutzend angewachsene Publikum glotzte der alten Frau nach, richtete seinen Blick aber dann wieder ernst und in aller Kälte auf mich. Es war kaum sieben Uhr, aber die Geschichte machte schon die Runde, Gerüchte breiteten sich aus, und vor dem Abend würde das ganze beschissene Szenario fertig sein.

Ich ging zum Rand des Grabens, um den Schuh zurückzubringen. Nurkkala war wesentlich geschickter zu der Frau hinuntergestiegen als ich. Es war mir unmöglich, meinen Tiefflug aus den Gedanken zu vertreiben - ich hatte mich selbst und die Spuren versaut, ich hatte eine Menge neuer Spuren verursacht, und mein zuverlässiger Trenchcoat verlangte nach einer Reinigung. Nurkkala sprang mit wenigen Sätzen herauf und schaute verwundert auf den Schuh der Frau.

„Wem wolltest du den denn bringen?"

„Meiner Frau. Als Ersatzschuh, sie hat dieselben."

„Das ist eine dreißiger Größe. Könnte fast vierzig sein."

„Keine Papiere?"

„Nein. Das heißt, wenn du die nicht auch gerade mitgenommen hast."

„Wann ist es passiert?"

„Wird sich erst bei der Obduktion herausstellen. Sagen wir, zwischen elf und zwei. Der letzte Bus kommt kurz vor eins."

Schleierartige Wolkenfetzen trieben vorbei, die Kiefernwipfeln streifend, auf den Schultern von Nurkkalas Jacke bildeten sich Flecken vom Nieselregen. Vor meinen Augen ließ er einen durchsichtigen Plastikbeutel baumeln, darin war der dürftige Besitz der Frau in der Stunde ihres Abschieds zu erkennen: Schlüssel. Schließlich nimmt man von hier nichts mit ins Grab. Der eine für die Wohnungstür, der andere für die Kellertür.

„Die Handtasche ist ihr weggenommen worden?"

„Keine Ahnung. Vielleicht."

„Trägt sie einen Ring?"

„Bist du nicht vorhin zu ihr, um nachzusehn ... nein, kein Ring."

Die Schlüssel mit ihrem Anhänger sahen in dem Beutel so alltäglich und trostlos aus, daß ich fast angefangen hätte zu heulen. Nurkkala ahnte das und ließ den Bund in seiner

Faust verschwinden, sein Blick war ruhig und ein kleines bißchen böswillig. Ein donnernder Knall zerschnitt den Wohnviertelhimmel, düster und allgewaltig schossen Jagdflugzeuge über uns hinweg. Es waren vier - was wurde denn da geübt und für wen? Auch nachdem sie weg waren, sahen wir immer noch nach oben, aber der Frau war dieser himmlische Effekt gleichgültig. Selbst für diese Jahreszeit waren unser Tun und unsere ernst gewordenen Mienen weit hintendran; wir sahen höchstens das schemenhafte Bild eines verrückten Verstümmlers vor uns, dessen umfangreiche Krankengeschichte hier zu ihrem bisherigen Höhepunkt gelangt war. Die Frau wurde bereits weggebracht.
Ich ging hinter Nurkkala her zum Lada und verkniff mir die Frage, aus welcher Richtung die Frau überrascht worden war, denn sicher war nur, aus welcher Richtung ich sie überrascht hatte. Nurkkala suchte nach seinem Feuerzeug und trommelte auf das Dach.
„Wir sollten vielleicht eine Zeitung unterlegen. Du versaust den ganzen Sitz."
„Ich muß ja schließlich drauf sitzen."
„Sie hatte keine Zunge."
„Wie ... keine Zunge?"
„Na ja, sie war rausgeschnitten."
„Verdammte Scheiße, fängt jetzt einer an, Zungen zu sammeln?!"
Nurkkala folterte den Starter mit überlangen Schlüsselumdrehungen und warf einen Blick in Richtung der Rumhängerclique, die es offenbar reizte, in das abgesperrte Gelände einzudringen. Irgendwo zuckte ein Blitzlicht auf.
„Zunge oder nicht, checken wir erst mal die Busse, und wenn wir die Personalien der Frau rausgekriegt haben, sind wir schon ein ganzes Stück weiter. Vielleicht handelt es sich nur darum, daß auf dem Pfad dort drüben nicht zwei ne-

beneinander Platz haben. Manch einer bezieht für noch weniger Prügel.
Vor dem Abend war das gesamte Szenario fertig, und es fiel exakt so beschissen aus, wie ich es mir vorgestellt hatte. Die Frau war eine vierunddreißigjährige Geschäftsinhaberin; sie hatte mehr als zehn Messerstiche abbekommen und, wie Nurkkala bemerkte, war ihr die Zunge herausgerissen worden. Die Symbolik der Tat war vielsagend, ich und Nurkki vergaßen die Theorie vom vorbeikommenden Jogger, die sich etabliert hatte und sprachen darüber, so weit ich mich erinnere, auch nie mehr.

Ich schloß die Tür hinter mir und begrüßte Raivinkimaa, der auf seinem Tisch die Boulevardblätter und andere Zeitungen gestapelt hatte. Das Sakko hatte er über die Stuhllehne gehängt, und er krempelte sich gerade mit gerunzelter Stirn die Ärmel auf, um uns den Eindruck eines aktiven Vorgesetzten zu vermitteln, der sich dank jahrelanger Erfahrung und natürlicher Begabung mit Weitblick und eiserner Professionalität in jede Geschichte voll reinkniete. Leider hätte sich nur ein Vollidiot davon bluffen lassen.
Nurkkala und ich saßen in einem Abstand von drei Metern vor dem schweren Schreibtisch und modellierten auf unseren Gesichtern unterwürfige Mienen. Aus einem Rahmen auf dem Regal fixierte uns Raivinkimaas Familie; man konnte fast sehen, wie sie sich, unmittelbar bevor wir den Raum betraten, mit sämtlichen Requisiten zu dem eindrucksvollen Ensemble aufgestellt hatten. Nun fehlte nur noch Järvelä mit einem Tablett und drei rotgestreiften Einwegbechern mit Kaffee.
„Ich habe schon um Kaffee gebeten. Kommt sofort."
Raivinkimaa war ein kräftig gebauter, ergrauter Mann, dessen Stimme ohne Mühe sehr weit trug, was möglicherweise nicht immer von Vorteil war, denn die Glaubwürdigkeit seiner Worte bewegte sich bisweilen auf dem Niveau von Haarwuchsmitteln.
„Das kann eine syphilitische Geschichte werden. Es sieht so aus, als hätte Inari Huuhtila den Bus um elf Uhr fünfzehn am Marktplatz genommen, und als wäre sie in der Nähe ihrer Haltestelle erwartet worden. Die Frau war bis in die späten Abendstunden damit beschäftigt gewesen, die Buchhaltung ihres Klamottenladens zu machen."
Wir empfingen unsererseits einen betont schicksalsschweren Blick. Um Raivinkimaa einzuschätzen, reichte die übliche Phraseologie vom hinterfotzigen Vorgesetzten nicht aus -

der Mann war dünnhäutig und hart, fordernd und lahm zugleich. Man bekam ihn nicht in den Griff, und das wußte er. Neben dem Familienphoto stand eine Skifahrerstatue aus Marmor. Raivinkimaa hatte die Angewohnheit, sie mittels eines zwischen Daumen und Zeigefinger gespannten Gummis mit Büroklammern zu beschießen. Auch ich hatte ihn schon einmal bei diesem Hobby erwischt.
„Die Art und Weise, wie die Tat begangen wurde, weist jedenfalls in die geschlossene Abteilung", schlug ich vor. „Die Vernehmung des Ex-Freundes scheint nicht viel zu bringen. Der Bursche wohnt in Salo und hat dort eine Familie gegründet."
Der Zeigefinger unseres Vorgesetzten senkte sich auf die Schlagzeile der obersten Zeitung, während sich gleichzeitig die silbernen Augenbrauen aufeinander zubewegten. Ich überlegte, ob er sich sein Grau morgens aus dem Cremetopf auf den Kopf zauberte und spürte, wie ich allmählich depressiv wurde, obwohl ich mir doch vorgenommen hatte, diese Audienz als vorübergehende Pflicht zu verbuchen. Neben mir ächzte Nurkkala.
„Wie kommt es, daß ich erst aus der Zeitung davon erfahre, daß diese Huuhtila bei den letzten Parlamentswahlen kandidiert hat? Warum hat mir das niemand von euch erzählt?"
„Wir haben es nicht gewußt."
„Die Frau war auf der Liste der Unabhängigen und hat viel Haß für ihr aggressives Auftreten geerntet. In Unternehmerangelegenheiten war sie gegen alle. Jedenfalls fast."
Ich fing an, die Monate bis zu Raivinkimaas Abschiedsfeier zu zählen. Sein persönlicher Sancho Pansa, Järvelä, rumpelte gerade mit seiner Last herein. Vom Flur waren eilige Schritte und das Fluchen einer Frau zu hören.
„Du willst doch damit nicht behaupten, daß hier politische

Leidenschaften dahinterstecken?“ fragte Nurkkala. „Von so etwa kann keine Rede sein, nichts Geplantes. Der Platz war von allen Seiten einsehbar, und wenn sonst nichts störte, dann zumindest der Verkehr auf der Schnellstraße.“
„Was gestört?“
„Den Kameraden, der versucht hat, jemanden zur kalten Mamsell zu machen. Schließlich besteht immer das Risiko, daß eins von den Autos streikt oder auf den Seitenstreifen abschwenkt.“
Patziger hätte Nurkkala das kaum sagen können, und der Kalte-Mamsell-Terminus war ihm absichtlich rausgerutscht, weil er die strikte Sachlichkeit kannte, die Raivinkimaa bei seinen Untergebenen voraussetzte. Unser Vorgesetzter fuhr fort, indem er ein trockenes Amtsräuspern absonderte. Bin ich deswegen als Mensch auf die Welt der Menschen gekommen, war dies meine Aufgabe? Ich schwitzte, ein leichter Schauder kroch von der Steißgegend her in Richtung Nackengrübchen - es würde nicht lange dauern, bis ich anfing zu schielen.
Raivinkimaa las uns die Ergebnisse der Laboruntersuchung vor, als wären wir geistesschwach. Bei jedem Wort betonte er die letzte Silbe: BaumwollfaSER ...
„Wenn ich es recht verstanden habe, bist du dort mehr herumgefallen als unbedingt notwendig. Genau genommen ist die Geschichte, die ich gehört habe, unglaublich.“
„Na ja, das war ein bißchen unglücklich ...“
Raivinkimaa riß eine Abendzeitung vom Stapel, schlug sie mit einer flinken, weit ausholenden Bewegung auf und hielt sie uns vor die Nase. Zum Spaß reckte ich den Hals, obwohl ich das Photo schon gesehen hatte. Ich und Nurkki standen neben dem Lada und unterhielten uns über irgend etwas. Ich hatte einen Damenschuh in der Hand.
Es war der exakte, gekonnte Volltreffer eines routinierten

Photographen: Das sparsame Licht fiel in passendem Winkel auf uns, und ich stand im Vordergrund. Ich sah aus, als wäre ich beim Schlammcatchen im Viertelfinale ausgeschieden, und letztendlich vermittelte das Bild den Eindruck, als schickte ich mich gerade an, aus dem Schuh zu trinken. Das humorige „Die Polizei bei der Arbeit" der Bildunterschrift in Verbindung mit meiner lehmverschmierten Schnauze würde die Aufnahme bei der Wahl zum Pressephoto des Jahres auf einen Spitzenplatz bringen. Ich spürte meine Wangen glühen, und Raivinkimaa hatte nicht die geringste Eile, die Zeitung aus meinem Blickfeld zu entfernen.
Ich zog mich auf meinem knarrenden Stuhl in die hinteren Regionen zurück und ließ Raivinkimaa auch noch die letzten Krümel dieser Sternstunde einstreichen. Jeder kann mal Pech haben. Ich sagte, der nächtliche Regen hätte die Gegend überschwemmt, so daß es mit Spuren sowieso dürftig ausgesehen hätte.
„Und für den Rest hast du gesorgt."
Nurkkalas Profil versteinerte, so wie es immer kurz vor dem Lachen versteinerte. Die Zeitung raschelte wieder in ihren gefalteten Zustand zurück, aber schon wurde eine neue hervorgeholt: Diesmal war das Bild kleiner, aber aus dem einen oder anderen Grund war das Durcheinander, das mein Purzelbaum angerichtet hatte, unangenehm deutlich zu erkennen. Ich sah aus wie der Mörder. Raivinkimaa war blaß geworden:
„Verdammt nochmal, über unseren Berufszweig werden sowieso schon bücherweise Witze geschmiedet, und wir liefern denen auch noch das Material dazu. Statt daß wir mit unserer Arbeit die Akzeptanz beim breiten Publikum etwas verbessern würden, passiert so etwas. Die Huuhtila ist an einem Stich in die Aorta gestorben, aber sie wäre garantiert auch dadurch ums Leben gekommen, daß du ihr ins Ge-

nick gestürzt bist. Jetzt hilft nur noch der verfluchte Zeitfaktor. Je schneller wir den Kerl in die Finger kriegen, desto besser.“

Er trat ans Fenster, das sich in die große, grausame Welt öffnete, eine Welt, die für sein Begriffsvermögen viel zu umfangreich war. Sogar ich und Nurkkala verstanden mehr davon. Ich mußte wegen der Brühe aus dem Automaten und über meinen Vorgesetzten grinsen, gerade in dem Augenblick, als dieser sich zu uns umdrehte. Der Schornstein des Wärmekraftwerks pustete gelblichen Rauch in den Himmel. Nurkkalas voluminöse Fäuste schienen keinen passenden Platz zu finden, sie fielen aus dem Schoß auf beide Seiten und streiften den Fußboden. Von mir aus hätte er damit Raivinkimaa durchkneten dürfen. Ich wußte nicht so recht, auf welches Feld ich als nächstes springen sollte, aber ich schlug vor, daß die Tat auf einen Psychopathen oder so etwas hindeutete, so oft wie die Hand mit dem Messer zugestoßen hatte.

„Tötungsdelikte ohne Motiv sind gerade in Mode.“

„So oder so, alles, was Beine hat, wird jetzt dafür abgestellt. Zumindest bekommt ihr Soikkeli von der Brandstiftung und ...“

„Und?“

„Hilfe kommt, wenn sie notwendig wird. Hier kann es sich genauso gut um einen politischen Mord handeln. Irgendwie rieche ich das.“

Gerade so, als hätte Raivinkimaa die Luft in seinem Büro geschnuppert. Nurkki und ich warfen uns einen kurzen Blick zu.

„Der letzte politische Mord liegt schon eine ganze Weile zurück. Wißt ihr wer es war und wann?“

„Komm ich jetzt gerade nicht drauf.“

„Anfang der zwanziger Jahre wurde Innenminister Ritavuori

wie ein Hund auf offener Straße erschossen, nachdem er die roten Gefangenen beruhigt hatte. Ich habe die Sache recherchiert."
Für Raivinkimaa gab es nichts Schmutzigeres als politische Morde, dennoch wirkten sie auf ihn seltsam anziehend. Wir nickten im Takt.
„Der Frau fehlte die Zunge. Mit Hilfe der Zunge kann man seine Meinung äußern. Sie hat sie geäußert, und jemand hat sich darüber geärgert. Ich weiß schon, daß ihr euch gegen den Gedanken sträubt, aber wenn ich das mit aller Milde empfehlen darf, so versuchen wir, erst einmal etwas über den politischen Hintergrund der Frau herauszubekommen. Wir dürfen niemandem eine Atempause gönnen und auf keinen Fall nochmal straucheln."
Der Boß plazierte die großartigen Zeitungen in einem dichten Stoß auf einer Ecke des Schreibtischs, was ein Zeichen für mich und Nurkkala bedeutete. Ich konnte mich an kein einziges Gespräch im Büro von Jouko Raivinkimaa erinnern, das ich nicht in einer seltsamen, treibenden Gemütsverfassung verlassen hätte. Und jetzt kam, dank der Zeitungsfrotzelei, zu diesem Gefühl noch echter Ärger hinzu. Wir gingen in mein Büro, Nurkkala gab mir keine Gelegenheit, über den Chef herzuziehen, sondern fing an, seine eigene wirtschaftliche Notlage zu verfluchen. Seine Frau war im Personalbüro von der Gehaltsliste gestrichen worden, weil die Firma den Bach runterging, die Schulden für die Wohnung drückten, und die Bank sah keine Veranlassung, ihnen mehr entgegenzukommen als sie das bisher getan hatte.
„Wie weit sind sie denn entgegengekommen?"
„So weit, daß sie uns den letzten Pfennig abgeknöpft haben."
„Und was jetzt?"
„Was jetzt, was jetzt ... Hör zu, der Junge gibt sich nicht

mit dem Billigsten zufrieden und auch nicht mit dem Zweitbilligsten, und unser Existenzminimumbudget ist wirklich gering."

Nurkkala ließ den Kopf hängen und erzählte, wie er sich nächtelang mit Rechnereien herumquälte, aber es gab einfach keinen Dreh, mit dem man die Angelegenheit erträglicher machen konnte. Er fügte noch ein paar Wendungen an, mit denen er sich auf zynischen Nihilismus verlegte, und ich konnte ihm nichts Tröstendes sagen.

„Und dann noch dieser Raivi ..."

„Er hatte es doch auf mich abgesehen."

„Schon, aber daß ein erwachsener Mensch so einen Mist von sich geben kann."

„Wir zahlen es ihm heim, wenn für sein Pensionierungsgeschenk gesammelt wird", schlug ich vor. „Wir kaufen ihm etwas, nur du und ich, irgendein Reptil für die Vitrine oder einen Kaktus oder ..."

Wir fingen an, uns Geschenke auszudenken. Das brachte Nurkki wieder zum Grinsen. Wir entschieden uns schließlich für eine silberne Schleuder mit goldenen Büroklammern. Ein Geschenk aus solch kostbaren Materialien konnte niemanden beleidigen, und immer wenn Raivinkimaa es anschaute, würde ihn das an seine nächsten Untergebenen erinnern. Im Aufzug zur Tiefgarage schlug Nurkkala noch etwas Banales vor, einen Kopf größer und mächtig stand er neben mir. Ein goldener Nurkkala mit einem silbernen Kuntsi.

Die Frau stand mit dem Nummernzettel für die Fleischtheke in der Hand neben den Gemüsekisten und schien sich selbst in dem Weitwinkelspiegel an der Decke zu betrachten. Sie trug einen pillenförmigen Hut und ein puppenhaftes Profil, und als sie den Blick wandte, fiel ihm gleich noch mehr zu ihr ein. Sie war die Einkäuferin seiner ehemaligen Firma, außerdem eine gute Freundin seiner Frau, und war, soweit er sich erinnerte, vor ihrem Umzug bei ihnen zu Besuch gewesen.

Er wandte sich ab und las das Etikett einer Spargeldose aus Lesotho: Stangenspargel in milder Salzlake. Es wurde ja viel davon gesprochen, daß die Welt klein sei, aber mußte sie gleich so klein sein! Er ließ seinen eigenen Zettel zu Boden fallen, wählte aus dem Regal irgendeine Konservendose und stellte sich in die Kassenschlange. Die Frau war an der Fleischtheke bereits fertig und näherte sich mit gleichgültiger, wenn nicht abwesender Miene der Kasse. Bei genauerer Überlegung ähnelte sie mit ihren runden Wangenknochen und den dunklen Augen seiner Ehefrau; sie hatte sogar denselben leichten Gang. Weshalb trieb sie sich in diesem Geschäft herum? - deshalb, weil sie in derselben verfluchten Gegend wohnte!

Er zahlte und machte sich davon. Bei dem verstopften Springbrunnen hatte die Frau ihn eingeholt. Dank eines lärmenden Rasenmähers, der die schattigen Plätze bei den Rosensträuchern rasierte, hatte er nicht einmal ihre Schritte gehört.

„Hallo, Sie haben etwas vergessen!"

Die bleichen Spargel auf dem schwarzen Etikett erinnerten an ekelhafte, leblose Kriechtiere. Die Frau hielt ihm die Dose vor die Nase, und ehe er danach greifen, geschweige denn dankbar lächeln konnte, hatte sie ihn erkannt. Sie hatte die Pille vom Kopf genommen, aus ihrer Frisur, die sie zu einem kegelförmigen Dutt aufgetürmt hatte, hingen einige absichtlich lose gelassene Strähnen herab. Die Haut an ihrem Hals war glatt, obwohl die Frau die Vierzig bereits überschritten hatte.

Nun wurden die bei einem derartigen Wiedersehen üblichen Begrüßungsfloskeln artikuliert. Er hatte Lust, die Spargeldose in Richtung der Sonnenanbeter bei dem Springbrunnen zu werfen. Die Hand der Frau war warm, ihre Finger drückten kräftig zu.

Sie erzählte von ihrer Modeboutique in der Innenstadt und gab zu verstehen, daß es ihr gut ging, auch wenn das Leben ihr hie und da übel mitgespielt hatte. Der warme Spätsommerwind spielte mit ihren Strähnen, und als sie schließlich fragte, wie es ihnen ginge, und was um Himmels willen sie in Korpela täten, hätte er am liebsten gesagt, daß auch Auli das Leben übel mitgespielt hatte. Oder daß Auli alles hinter sich gelassen hatte, und wenn die Frau tatsächlich wolle, könne sie mit ihren Spargeln den Grabhügel ihrer ehemaligen Freundin besuchen. Er würde ihr sogar eine exakte Karte geben, weil der Platz nicht markiert war. Oder vielleicht doch nicht mit Spargel, sondern mit Blümchen.

Seine Frau sei zur Zeit bei Verwandten in Uusimaa, käme aber gewiß in zwei Tagen zurück, und sie wäre ein willkommener Gast, denn sie hätten in der Gegend keine Bekannten. Dann könne man sich eingehender unterhalten.

Er schob die Spargeldose in die Plastiktüte und fragte die ehemalige Einkäuferin der Firma nach dem Namen ihres Geschäfts und nach der Straße, für alle Fälle. Die Frau kam nicht auf die Idee, nach seiner Adresse zu fragen, sondern lächelte und verschwand. Möglicherweise bedeutete das, daß keine Gefahr bestand, und außerdem konnte er sie ja immer noch loswerden.

Das Haus hatte er Ende Juli an einen jungen Mann und

eine junge Frau mit zwei jammernden Kindern unter zehn Jahren verkauft. Sie waren die ersten Leute, die ihn belästigt hatten. Der Mann ging ihm auf die Nerven, wie er mit seinem selbstgefälligen Opernsängerbart und seinem gewölbten, unter dem karierten Hemd versteckten Bauch die Mauern abklopfte, immerhin konnte er die schlimmsten Ungehobeltheiten im Zaum halten und schnüffelte nicht überall so herum, daß er sie allesamt auf die Reise hätte schicken müssen.
Eines der Kinder hatte einen Stein gegen die Saunawand geknallt, das andere war pausenlos am Flennen. Am Ufer begeisterte sich der Mann plötzlich für's Feilschen, und dann priesen beide mit ungelenken Redewendungen die Landschaft und die Atmosphäre. Die Frau hatte mit der Hand Wasser geschöpft und naiv bewundert, wie klar es war.
Plötzlich hatte der unter dem Fluch seiner Fleischmassen schwitzende Mann sich seitlich entfernt, um sich auf dem Grab der Frau eines Bedürfnisses zu entledigen. Er hatte sich abgewandt und entleerte schwer schnaufend seine Zweiliterblase. Der dunkle Schweißfleck auf dem Rücken und der schamlose Dampf der Pisse. Dann hatte sich der Mann gebückt und aus der harngetränkten Erde den Kameeschmuck der Frau herausgepflückt. Sein Strahl hatte eine Öffnung in den lockeren Boden gebohrt, woraus das Schmuckstück hervorgeblinkt hatte.
Es war unmöglich zu sagen, wie es dorthin kam - vielleicht hatte er vergessen, es ihr vom Hals zu nehmen, vielleicht war es schon beim hilflosen Hantieren zu Beginn der Aktion heruntergefallen.
Auf den roten Backen des Mannes hatte sich ein gieriger Glanz breit gemacht, der Hosenstall stand offen, und hinter dem Bartversteck blitzte eine fleckige Grimasse hervor. Er streckte die Hand nach dem Schmuck aus (tropfte da

noch Urin?), zog die Hand aber wieder zurück und sah zu, wie der andere vor seine Frau trat und ihr den Schatz um den Hals legte. Es war die schönste Zeit des Sommers. Die Sonne vergoldete die warmen Wellen auf dem Uferkies, ließ den Schmuck an der Kette funkeln und machte auf eine angenehme Weise müde. Nun nahm alles Angenehme seinen Lauf.

Der andere hatte seine Frau bewundert, den gefundenen Schmuck oder vielleicht nur sich selbst, und hatte sich dann umgedreht, um sich zu erkundigen, wie solch eine wertvolle Habseligkeit an das Ufer gelangt sein konnte. Er versuchte den selben Gesichtsausdruck wie der andere anzunehmen und erinnerte daran, daß in der Annonce von einem wertvollen Grundstück die Rede war - möglicherweise würden sich noch mehr solcher zusätzlichen Überraschungen finden lassen, sofern sie sich zum Kauf entschließen würden und aufmerksam blieben. Aus der Saunaecke hörte man das unermüdliche Heulen des kleineren Kindes.

Der Mann hielt die Vorzeichen für günstig und überwies den Kaufpreis wenige Tage später auf sein Konto. Er selbst spürte eine große Erleichterung, als er mit dem Umzugswagen von Wolf und seiner Frau davonfuhr. Was mit dem Haus geschah, war ihm gleichgültig.

Am Morgen nach der Begegnung im Supermarkt mischte er sich unter die Leute, die im Bus zur Arbeit fuhren und überlegte, ob es angemessen war, wenn einem eine einzige Spargeldose den Schlaf raubte. Auf den Mülltonnen hüpften Spatzen herum, und die Wärme des vorigen Tages hatte sich zu einer drückenden Hitze gewandelt, die sich bis zum Abend in einem Gewitterregen auflösen würde. Nach einem Fußweg von fünfzehn Minuten fand er das Kleidergeschäft und entdeckte über dem Fenster den Namen „Happylady 52“. Das hätte er sich denken können, natürlich verwirklichte die Frau ihren faden Traum unter einer fremdsprachigen Überschrift, natürlich blätterte sie im stikkigen Dämmerlicht ihres Ladens auf Hochglanzpapier gedruckte Modezeitschriften durch und träumte vom Glamour der großen weiten Welt.

Er überquerte die Straße und betrachtete einen Moment die ausgestellten Kleider, bevor er durch die Toreinfahrt in den Hinterhof ging und dort die Tür suchte, die zu Inari Huuhtila gehörte. Sie war verschlossen.

Um zehn nach neun trat er durch die Ladentür ein. Es waren keine anderen Kunden da, im Geschäft war es angenehm kühl und dämmrig. Die Frau hielt sich im Hinterzimmer verborgen. An den Wänden hatte sie verschiedene Kleiderkombinationen drapiert, auf den rohen Brettern des Regals lagen zusammengelegte Röcke, Hosen und Blusen. Neben der Kasse stand ein Ständer mit Sonderangeboten. Es duftete nach Kaffee, Zigaretten und Holz.

Sie erkannte ihn nicht sofort, obwohl sie ein müdes Lächeln auf dem Gesicht trug. Über dem Vorhang war eine Bilderserie mit lässig und dunkel gekleideten, lachenden Menschen zu sehen, die unter dem Eiffelturm standen oder gerade dabei waren, einen Platz in einem Pariser Straßencafé zu wählen.

Er entschuldigte sich für sein Eindringen, merkte aber sofort, wie idiotisch das war, und als ihm nicht gleich etwas anderes einfiel, begann er, die spätsommerliche Hitze zu loben. Dann deutete er auf die französische Bilderserie an der Wand und fragte, ob das die Herbstmodelle seien, aber die Frau unterbrach ihn und gestand, daß zum ersten Mal in ihrer Laufbahn als selbständige Geschäftsfrau jemand hereinkam und sich zuallererst dafür entschuldigt, daß er ihre Arbeit in Anspruch nahm. Er spürte, wie er rot wurde, und sagte, seine Gattin habe bald einen besonderen Tag. Nun, da sie sich zufällig getroffen hätten, dachte er sich, warum er seiner Frau nicht einmal etwas Außergewöhnliches schenken sollte, damit er nicht in letzter Sekunde auf den üblichen Blumenstrauß zurückgreifen müsse.

Die Frau nahm sich des Problems mit ärgerlichem Eifer an, indem sie Kreationen vor ihm ausbreitete, für die er nicht mal einen Namen gewußt hätte. Er versuchte, daran zu erinnern, daß seine Gattin eine ganz normale finnische Frau sei, aber nach Meinung der Ladenbesitzerin gab es so etwas Merkwürdiges überhaupt nicht, und Auli sei schon gar keine solche. Durch die Kleidung könne die individuelle Persönlichkeit eines jeden Menschen betont werden: eine kurzärmelige Seidenbluse, fünfhundertdreißig; dazu passend ein schwarzer Minirock, vierhundert; ein gemusterter Pullover, fünfhundertsechzig.

Der Messergriff in der Tasche fühlte sich kühl an. Die Frau erinnerte sich noch an die Größe seiner Gattin. Sie bückte sich, um aus dem untersten Regal einen lächerlich gekräuselten Albtraum von Bluse hervorzuholen. Er stellte sich vor, die Klinge in ihrem Nackengrübchen zu versenken oder neben dem linken Schulterblatt; jede der beiden Möglichkeiten würde wunderbar die individuelle Persönlichkeit der Frau betonen.

Langsam öffnete sich die Tür. Er ließ das Stilett zurückgleiten und drehte sich zu einem Mann um, dessen gewöhnliche und alltägliche Erscheinung in einem gewissen Widerspruch zu der Boutique stand. Die Frau hob die Bluse mit den Fingerspitzen hoch und schien den Mann zu kennen, der minimal lächelte und zeigte, daß er nicht stören wollte.

An der nächtlichen Haltestelle war niemand, weder minimal lächelnde, gewöhnliche Männer noch sonst jemand. Er folgte der Frau, ließ den Regen über seine Augen rinnen

und rief sich seinen morgendlichen Besuch im Laden wieder in Erinnerung. Die Frau gab keinen Laut von sich. Auf der nächtlichen Schnellstraße brummten die Autos, das Wasser rauschte.
In den Morgenstunden pichelte er Zwetschgenwasser, spürte, wie ihn das angenehm berauschte und trippelte von einem Zimmer ins andere, wobei er sich zwischendurch immer wieder im Garderobenspiegel kontrollierte. Das Video bot eines der besten Werke der frühen achtziger Jahre. Thalarctos maritimus, Polar bear. Es war bewundernswert, welches Geschick solch ein fünfhundert Kilo schwerer männlicher Eisbär besaß, wenn er sich auf geschmeidige und unbemerkte Weise seiner Beute näherte. Kurz vor dem letzten Sprung wurde das Gesicht des Bären von vorne gezeigt, selten bekam man eine so konzentrierte und entschlossene Miene zu sehen. Das Tier schien geradewegs durch den Bildschirm hindurchzustarren, fast so, als wollte es etwas sagen: die Wahrheit, ein Bekenntnis, eine Weisheit? Der Film kulminierte in dem Gesicht des Bären. In der Verlangsamung betrachtete er die auf dem Schnee verspritzen Blutflecken, trank noch mehr Zwetschgenwasser, vertat sich mit den Knöpfen der Fernbedienung, und als er die rote Eisscholle wieder auf der Mattscheibe hatte, überlegte er sich, an welche Formen ihn die Blutspuren erinnerten. Die eine dort erinnerte zumindest an das hagere Profil eines alten Mannes, jene wiederum an die Grenzen irgendeines südeuropäischen Staates auf der Landkarte, und das dort an ein Sternbild am Rande der Milchstraße. Rubine im Eisblock.
Kurz bevor er einschlief, leerte er die Handtasche der ehemaligen Einkäuferin der Firma auf dem Tisch aus und beschmierte sein Gesicht mit Lippenstift. Die Kassette surrte im Recorder, das Programm wechselte, und eine Ratte von

der Größe eines Hundes rannte über den Bildschirm, um mit einem Satz vom Rand eines Landungsstegs im öligen Wasser eines Hafenbeckens zu verschwinden.

Erster Oktober. Ich drehte mich auf dem Sofa auf die Seite und ließ die Zeitung auf den Boden gleiten, während sich mein Kopf deklarationsartig mit dem Gedanken füllte, das Leben sei zur Hälfte vorbei, und wenn man plötzlich gebeten würde, dazu einen Kommentar abzugeben, bestünde die einzige Methode darin, sich schlafend zu stellen. Auch erste Oktober hatte ich schon annähernd vierzig hinter mir und hätte mir doch keinen einzigen im Geiste zurückholen können. Unscharf hingen die Landschaftsbilder im düsteren Wohnzimmer, der Gefrierschrank brummte, und die Flurtür knallte.

Ich fragte mich, was mich zu dieser Zeit am Morgen immer so empfindlich und tiefsinnig werden ließ, wenn meine Frau gegangen war und die Jungen noch fest schliefen. Ich war aufgewacht, als Leena ging, hatte die Zeitung geholt und war wieder eingeschlafen. Ich setzte mich auf die Bettkante und fixierte das verschlungene schwarze Band auf dem Teppich, bis ich es als das mit dem Verstärker gekoppelte Kopfhörerkabel identifizierte.

Die Jungen lagen, in ihre Laken verwickelt, hintereinander in der Falle. Sie atmeten ruhig, auf den Kissen ruhten blonde Schöpfe, und die geschlossenen Augen machten mich noch sentimentaler, so daß ich das Aufwachritual von meiner Seite ungewöhnlich emphatisch mit Sanftheit auflud.

Schon eine halbe Stunde später rief ich den Kerlen ungeduldig zu, daß sie eigentlich schon längst unterwegs sein müßten, und wenn sie unbedingt wollten, könnten wir alle Abmachungen kündigen. Sie waren sehr wohl imstande, selbst darauf zu achten, wann sie gehen mußten, und alle beide waren sie in der Lage, sich aus dem Haferflockensack eine Ladung in die Schüssel zu kippen oder im Notfall eine Scheibe Brot aus dem Korb zu nehmen.

„Mecker' nicht rum, Alter!"

„Das hat nix mit Meckern zu tun."
„Wir glauben dir ja, daß du Bulle bist."
Ich sah den Jüngsten in die Diele pirschen, wo er vor dem Spiegel in Stellung ging, um eine Serie asiatischer Hiebe abzugeben. Der abschließende ungeschickte Karatetritt schleuderte sandspritzend einen schmutzigen Turnschuh auf den Wohnzimmerteppich.
„Es ist fünf nach halb."
„Bei deiner Mutter war's fünf nach halb, wie sie dich gemacht hat."
„Seht zu, daß ihr fortkommt, ihr Paviane!"
Langsam kam ich in Stimmung. Masa war in der Diele hingefallen. Er lachte unbändig, aus der aufgerissenen Naht des Schulranzens fielen die Blockflöte und ein Jojo. Peetu rief aus seinem Zimmer, es sei kein Wunder, daß der Typ noch frei rumlaufe. Ich hatte keine Lust zu fragen, was er damit meinte, holte den Turnschuh und zog ihn Masa wieder an. Er war in der zweiten, sein Bruder in der sechsten und ich ein bißchen erstaunt, wie erbärmlich schlecht ich von Zeit zu Zeit mit ihnen zurecht kam. Wie würde das erst in ein, zwei oder drei Jahren sein? Wenn sie fast zwei Meter groß und breit wie die Türfüllung wären und eine Korrektur ihres Taschengeldes verlangten? Die klassische Herausforderung für jeden, der Vater spielte; klassisch und sinnlos, denn mit dem Durchsetzungsvermögen ist es an dem Tag vorbei, an dem das Neugeborene zum ersten Mal die Lunge vollsaugt und in Geschrei ausbricht.
Ich drückte die zerfetzten Kreppverschlüsse fest und zerrte Masa hinaus. Noch immer ließen Lachzuckungen seine Schultern beben. Der Spiegel reflektierte den Text „Generation of the future" auf dem Rücken seiner Jacke und mein farbloses Morgengesicht für den, der es sehen wollte, die Aufschrift „Generation of the past".

In den Leserbriefspalten hatte man sich gewundert, warum die Polizei in ihren Ermittlungen keine Fortschritte machte, wo das Verantwortungsbewußtsein der Polizei wäre und ob sich schutzlose Frauen nach Einbruch der Dunkelheit von nun an nur noch drinnen aufhalten sollten. Der Leitartikel von vorgestern hatte den Druck noch erhöht und bei den Menschen Angst gesät, obwohl es davon ohnehin schon genug gab. Aus irgendeinem Grund wurde Inari Huuhtilas Tod als Musterbeispiel für die Wirkungslosigkeit der Polizei genommen, dabei war es unmöglich, jemandem auf die Spur zu kommen, solange es keine Spuren gab. Zumindest nicht solche, mit deren Hilfe man wenigstens die grobe Richtung für die weiteren Schritte festlegen konnte.
Peetu kam mit blasser Stirn in die Diele, um zu sehen, was bei uns los war. Er riß seine Kapuzenjacke vom Haken und fixierte mich mit seinen ernsten, schönen Augen, die er von seiner Mutter geerbt hatte.
„Papa, dieser Mörder ist immer noch frei, oder?"
„Quatsch jetzt nicht rum!"
„Aber was macht ihr denn die ganze Zeit? Bist du nicht dafür da, daß er geschnappt wird?"
Die Fasern von Peetus Persönlichkeit verliefen anders als die von Masa, aber im Team schlugen sie mich, wie sie wollten, als wüßten sie, daß sie mich durch eine Kombination von bestimmten Eigenschaften schon entwaffnet hatten, bevor ich es auch nur schaffte, den Mund aufzumachen.
Ich fragte Peetu, wie er darauf käme, daß wir überhaupt für irgend etwas da wären oder daß wir für irgend etwas hierhergekommen wären und bugsierte beide sanft in den Flur, bevor sie auf die Idee kamen, noch mehr von ihrer naseweisen Philosophie von sich zu geben. Das Treppenhaus hallte von ihrem Krach wider, erst nach Minuten sah ich sie feixend an der Böschung auftauchen. Als sie mich be-

merkten, fingen die Burschen an, absichtlich zu trödeln. Ihre Ambition, pünktlich zu sein, hielt sich in Grenzen.
Ich stand am Fenster, der Nieselregen reichte vom Boden bis zum Himmel, und die drei Birken im Hinterhof zuckten wie die Trauergemeinde beim Begräbnis eines Bettlers. Weiter hinten verbrachte das Einsatzkommando der Hausverwaltung seine Zigarettenpause im Laderaum eines im Leerlauf tuckernden Minilasters; ich stellte mir zu der Inszenierung einen alten Neger vor, der auf einer Ölkanistergitarre spielte: „I woke up this mornin'". Eine Stadt von hundertfünfzigtausend Einwohnern, ein Haushalt in erbärmlichem Chaos und ein Mörder, der mit einem Filetiermesser herumwütete. Raivinkimaa hatte uns unglaubliche Artikel aus den Revolverblättern vorgelesen - er hatte also doch recht gehabt, als er von einem aufgehenden Teig sprach.
Ich fragte mich, ob Peetu wußte, daß ich bei den Ermittlungen dabei war; bestimmt hatte er das nur geraten, denn ich bezog den Stoff für meine Gruselgeschichten anderswo her als aus meiner Arbeit, wenn ich einmal Lust hatte, den Jungs welche zu erzählen.
Ich zog mich vom Fenster zurück und versuchte, zwischen Bauklötzen und außerirdischen Monstern einen Durchgang zu finden. Es gelang mir nicht ganz, die zerbrochene Hülle einer Kassette schnitt mir in den Fuß. Die an die Wand geklebte Madonna verbarg ihre Scham mit einem spanischen Fächer, die aus der Enge des Seidenkorsetts herausstechenden Brustwarzen zielten auf die verschossenen Tapetenmuster. Ich setzte mich auf einen kleinen Schemel und untersuchte die Wunde; dann wieder Madonna, deren Gesicht mich an Ansa Ikonen aus dem Vorderhof unseres Blocks erinnerte.
Das Verschwinden der Zunge durfte auf keinen Fall zur

Presse durchsickern. Das würde Folgen haben, auf die wir nicht scharf waren.
Aber der Unbekannte hatte mit seiner Tat unbestreitbar für Ausgeglichenheit im Nachrichtenangebot gesorgt, indem er die Leute dazu brachte, die einschläfernde Visage des Ministerpräsidenten zu verschmähen. Dieser sah sich bereits auf dem absteigenden Ast, und niemanden interessierte mehr die gerunzelte Stirn des Finanzministers - völlig umsonst drückte er die verlustreiche Haushaltsakte in den Händen, denn das Gelb des Umschlags brachte selbst den Dümmsten dazu, die Ernsthaftigkeit der Krankheit zu kapieren.
Ich klebte mir ein Pflaster auf die Wunde und konzentrierte mich anschließend auf den allmorgendlichen Choralgesang, der aus der Wohnung einer stumpfsinnigen Zugabfertigerswitwe stammte „... es dämmerte die dunkle Nacht, als klar der neue Tag anbrach ...". Schwermütig und traurig drangen die Verse durch die porösen Wände des Plattenbaus; der ganze Spaß und Übermut dieser Breitengrade verdichtete sich zu Pathos und Sündenbewußtsein. Ich hatte keinerlei Information darüber, welche Art von Madonna die Witwe an ihrer Wand hängen hatte, aber sie besaß jedenfalls eine umfangreiche Sammlung von Tonträgern zu Ehren ihres Heiligenbildes. Sie hatte die Angewohnheit, mit ihrer hohen Altweiberstimme die Kassetten und Schallplatten zu begleiten. An diesem Morgen kam mir der christliche Karaoke-Terror besonders abgeschmackt vor, als ich zum Aquarium humpelte, um die Fische zu füttern. Sie hatten sich bereits alle um die Futterklappe versammelt. Zwei der anämischsten zappelten mit von Flossenpest brüchig gewordenen Schwänzen neben dem Oxydator. Ich schüttete eine Medikamentenlösung in die Glaskiste und hinterher noch einen Teelöffel mit grünlichem Staub.
Um die Choräle loszuwerden, schaltete ich das Radio ein.

Dort wurde gesagt, das Finnische Staatsschiff treibe in den Fährnissen zwischen Perestroika und Europäischer Vereinigung. Es blieb mir nichts anderes übrig, als das Radio wieder auszuschalten „... der Weg von hier ist allen gleich, ob arm oder reich. Mühn sich die Kräfte noch so ab, alles schluckt zuletzt das Grab ...“.
„Scheiße.“
Wo kriege ich Ohrstöpsel her? Ich löste Masas Schüsselchen vom Tisch. Es war kleben geblieben, nachdem er es ausgelöffelt hatte. Dann betrachtete ich den Plastikmuskelprotz, der einen Hut aus dem Ende einer Kalbsleberwurst auf dem Kopf trug. Breitbeinig stand der Herkules mitten in der Zuckerdose.
Kurz vor halb zehn stand ich bereits am Straßenrand, wo eine Frau in schwarzem Mantel mit ihrem Regenschirm kämpfte. Der Wind zerrte an beiden, ein paar verlorene, dumme Tauben tunkten ihr Ärsche in die Pfützen, und aus den Türen der Berufsschule strömte eine bunte Horde unter das Wartehäuschen, um sich vor dem Regen zu schützen. Ich hatte fast mein ganzes Leben in dieser Stadt verbracht. Dennoch war sie mir nicht vertraut, und manchmal, wenn ich darüber nachdachte, fand ich den Grund dafür eher in mir selbst als anderswo.
Nurkkala erkannte man schon von weitem an seinem Fahrstil. Er trat zu fest auf das Gaspedal, schaltete ungelenk und bremste hektisch. Wer weiß, vielleicht hielt er das Fahren für eine Strafe, oder aber er verfolgte den geheimen Plan, alle staatlichen Autos vorzeitig in schrottreifen Zustand zu bringen. Selbstverständlich achtete er nicht auf die Pfützen. Ich sprang in den Wagen und traute mich nicht zu gucken, ob die mit dem Regenschirm einen Teil der Spritzer abbekommen hatte. Nurkkalas dunkelblaue Wildlederjacke war von Wassertropfen gescheckt, das Karomuster seiner Müt-

ze erinnerte mich an Bilder meines Vaters aus dem Vorkriegshelsinki.
„Was Neues?“
„Hast du die Nachrichten gehört? Sie haben beschlossen, daß jeder Beamte zwei Wochen Zwangsurlaub nehmen muß. Auch die Polizei.“
„Also wir? Aber im Fall Huuhtila?“
„Das paßt verdammt gut, ich hab’ ja noch Reserven im Strumpfband. Bin gespannt, wie das mit dem Urlaub organisiert wird ... vielleicht nach dem Alphabet.“
„Nein, nach der Schuhgröße. Da kannst du lange warten.“
„Wieso?“
Wir bemühten uns, einem Verrückten auf die Fersen zu kommen, zahlten unsere Schulden ab und überlegten, warum uns jeder verflixte Morgen schwerer und schwerer vorkam und nirgendwo Lebenslust, „Urfreude“, sichtbar war, außer vor dem Selbstbedienungsregal im Alkoholladen. Oder doch wenigstens dann, wenn der erste Schluck hinunterflutschte und die Magenwand erwärmte. Ich lächelte Nurkkala zu, der sich eine Zigarette ansteckte und gerade über die Rentabilität einer Papierfabrik nachzudenken schien. Da erstarb das Lächeln auf meinem Gesicht, ich klammerte mich am Sitz fest und fragte, ob er uns eine Razzia auf den Hals ziehen wollte.
„Hä?“
Das Haus hatte vier Stockwerke und noch keine Renovierung hinter sich. (Ehrlich gesagt, hätte über die Hälfte der Häuser, vor der die Polizei parkt, eine Renovierung nötig.) Am besten war die Überfälligkeit an den Balkonblechen zu erkennen, wo der Rost bereits Löcher hineingefressen hatte. Als Verkaufsschlager war so etwas nicht ideal. Nurkkala drückte seine Kippe auf dem Asphalt aus. Dann öffnete er den Reißverschluß seiner Jacke, zog einen

Zettel hervor und kontrollierte die Adresse. Das Haus befand sich beinahe oben auf dem Hang, man hatte von dort keinen wesentlich besseren Blick auf den Weg und das Haus von Inari Huuhtila, aber wir mußten nun mal das Gebiet, das wir durchkämmten, erweitern. Das Kopfschütteln und Wir-nehmen-nichts war so regelmäßig eins auf das andere gefolgt, daß man sich allmählich daran gewöhnt hatte.
Am Griff der Aufzugtür hing ein „Defekt"-Schild. Nurkkala kam schon auf dem ersten Treppenabsatz ins Schnaufen, sein Blasebalg röchelte, und er griff nach dem Geländer.
„Du solltest es mal mit Joggen versuchen", schlug ich vor.
Er tat so, als hätte er mir nicht zugehört und sagte, in zwei Wochen hätten wir sämtliche volljährigen Männer des Stadtteils vernommen, und bis dahin wäre keiner von uns mehr bei vollem Verstand. Ich drückte die Klingel. Der schwarze Knopf war in einem Maße von meiner Technik befremdet, daß er sich weigerte, zurückzuspringen. Ein türklingelähnlicher Klang war nicht zu hören. Nurkkala senkte seinen verblüffend großen Daumen auf den Knopf und drückte.
„Komm schon, du ..."
Das störrische Teil wollte immer noch nicht kommen, und wenn der Kollege ein bißchen Kraft zugelegt hätte, wäre die Faust samt einem Stück Holz nach innen geflogen. Wir klopften. Aus der Nachbarwohnung drang ohrenbetäubendes Kindergeschrei, ein Stockwerk über uns wurde mit einem Bügeleisen gegen den Heizkörper geschlagen. Vielleicht wäre es sinnvoll gewesen, stärker zu klopfen, aber wir hatten beide das Gefühl, daß sich das Herumstehen vor dem Briefschlitz mit der Aufschrift „Vaajanen" schon lang genug hinzog. Da öffnete sich die Tür.
„Ja?"
Der Mann erinnerte an einen Pfarrer. Genauer gesagt an

einen Pfarrer mit abweisendem Gesichtsausdruck. Seine Miene wollte nichts kaufen, niemanden unterstützen und niemandes Botschaft anhören. Ich fragte, ob er Pentti Vaajanen sei und zeigte meine Dienstmarke.
„Kommen Sie rein. Worum geht es denn?"
Vaajanen wohnte fast im Dunkeln. Vielleicht gehörte er zu denen, die genug gesehen hatten. Ich wartete darauf, daß sich meine Augen etwas an die Düsternis gewöhnten und konnte geradeso erkennen, wie Vaajanen nach weiter hinten verschwand, wohin er uns zu folgen aufforderte. Seine private Kulisse setzte sich aus einem Tisch, zwei Stühlen und einem Bücherregal zusammen, in dessen Touristenkitsch-Abteilung als einziger Gegenstand ein feierlich beleibtes Weinfäßchen stand. Während ich nach dem Sessel unter mir tastete, teilte ich mit, weswegen wir gekommen waren.
„Sie haben es wahrscheinlich in der Zeitung gelesen?"
„Ja, sicher."
„Und ich nehme an, Sie haben auch das Bild der Ermordeten gesehen? Kam sie Ihnen irgendwie bekannt vor?"
Vaajanen war blaß und ein bißchen zu ruhig (ich fing bereits an zu sehen), aber das deutete ich als gewöhnliche Überreaktion auf die Anwesenheit der Polizei. Manche geraten durcheinander, manche geben sich zu viel Mühe, Vaajanen war ruhig. Er konnte sich nicht erinnern, Inari Huuhtila schon einmal gesehen zu haben und sagte, er habe darüber selbst schon nachgedacht, als er von der Bluttat las.
„Wir gehen alle Häuser in der Umgebung durch, eine reine Routineangelegenheit. Machen Sie sich keine Sorgen, aber könnten Sie sich vielleicht erinnern, wo Sie an jenem Abend waren?"
Die Ruhe wurde von ein paar besorgten Falten gefurcht. Ich half Vaajanen, indem ich ihm den entsprechenden Sep-

tembertag nannte. Seine Stimme war höflich, besonnen: „Doch, ich war hier."
„Erinnern Sie sich genau?"
„Natürlich kann man sich nicht erinnern, was man an jedem einzelnen Abend gemacht hat, aber ich verbringe mein Leben ziemlich regelmäßig und bin seit Anfang August nirgendwo gewesen."
„Gehen Sie zur Arbeit?"
„Nein. Zur Zeit habe ich keine Arbeit."
Nurkkala ließ wieder den Kopf hängen. Ich hoffte, Vaajanen würde glauben, er sei eingeschlafen. Auch meine eigenen Worte glitten kraftlos und sinnlos in das seltsame Dunkel des Zimmers. Es hätte nicht viel gefehlt, und ich hätte gegähnt. Die Glätte von Vaajanens Charakteroberfläche suchte ihresgleichen. Der Mann erinnerte an ein Schattenwesen, aber ich hatte in meiner Laufbahn schon so viele Sitzenbleiber gesehen, daß mir die gleichmäßige Mattheit der Atmosphäre nichts ausmachte. Außerdem hatte ich mich schon so oft nach denselben Dingen erkundigt - meine polizeiliche Kreativität war am Abnehmen.
„Sie gehen auch nicht joggen?"
„Nein. Richtig, davon war die Rede, darüber ist ja auch geschrieben worden."
„Wovon war die Rede?"
„Daß diese Huuhtila joggen ging. Wir wohnen hier dicht aufeinander, die Leute sind neugierig."
„Sonst haben Sie nichts gehört? Auch nichts darüber, was vor dem besagten Abend passiert ist?"
Nein, Vaajanen wußte nichts, und es war ihm auch nichts aufgefallen. Ich stellte mir vor, daß er den größten Teil seines Lebens in seiner düsteren Bude verbrachte. Er stand auf und nannte die Bluttat beängstigend und gefährlich. Bevor ich ihn daran erinnern konnte, versprach er, sich zu mel-

den, wenn ihm etwas einfiele, woran er jetzt nicht gedacht habe. Nurkkala regte sich in seinem Sessel, zwischen seinem Kopf und der Decke war keine halbe Spanne Platz. Der größte und stillste Polizist der Welt. Vaajanen stand in der Diele, die vielleicht der finsterste Ort der ganzen Wohnung war. Es war mir noch nicht gelungen, das gobelinähnliche Etwas an der Wand zu entschlüsseln, als wir bereits die Treppe hinuntergingen. Falls das Hämmern des Bügeleisens zu den akustischen Basiseffekten dieses Hauses zählte, war das allmorgendliche Choralbrausen dagegen eine reine Wohltat für die Ohren.

Nurkkala war der Meinung, Vaajanen habe eine ganz neue Sicht der Dinge geäußert, indem er die Tätigkeit des Mordens für gefährlich hielt. Er seufzte und grub einen billigen Block aus seiner Tasche, um einen Strich unter Vaajanens Namen zu ziehen. Es sah so aus, als gäbe es auf der Liste noch reichlich abzuhaken. Ich schlug eine Pause vor. Es waren noch mehr solcher Paare wie wir unterwegs. Wir fanden uns mit unseren Fragen in den Heimen von Familien und Einsamen zusammen - in den Heimen normaler, gottesfürchtiger Menschen, die ihr Leben hinter zugezogenen Gardinen vergeudeten oder mit dem Bügeleisen gegen Heizkörper schlugen.

„Der hat etwas verheimlicht", meinte Nurkkala sarkastisch und riß die Tür des Lada auf, als hätte sie ihm etwas Böses getan.

„Wieso das?"

„Zu finster. Überall ... und auch nicht ruhig."

Die gesamte Fahrt über sang Nurkkala mit lauter, ausdrucksloser Stimme und vermied nur mit Mühe einen Blechschaden, als er an der Tankstelle zwischen die Zapfsäulen einbog. Es war bekannt, daß er den Löwenanteil seiner Kapazität und Lebenskraft in die Arbeit investierte - im Gegensatz zu anderen wie zum Beispiel mir - und als Zugabe zu seinem Fleiß verfügte er über einen entsprechend bescheidenen Charakter. Einige wollten das nicht sehen und bemerkten nur sein ungelenkes Verhalten und den randalierenden Fahrstil. Außerdem hielt ich Nurkkala für einen ausgezeichneten Menschenkenner, und wenn er auch fast immer mir das Reden überließ, beschäftigte sich der Inhalt seines Schädels doch ununterbrochen mit dem gerade aktuellen Problem.

Nurkkala trank nur heißes Wasser, in das er etwas Süßstoff fallen ließ. Jemand lud Auto-Makeup neben die Kasse. Jedesmal wenn die Tür aufgestossen wurde, geriet eine aus Frostschutzmittelbehältern errichtete Pyramide ins Wanken.

„Hier sind jetzt siebzig bis achtzig Leute interviewt worden. Bald hundert."

„Immerhin."

„Das Gebüsch und die Umgebung des Weges sind durchgekämmt worden."

„Du übertreibst kein bißchen."

„Und zwar schon seit über einer Woche."

„Hm."

„Was haben wir auf der Habenseite?"

„Du redest wie Raivinkimaa."

„Das ist ein raffiniertes Kerlchen. Wenn auch ein Wirrkopf."

„Raivinkimaa?"

„Nein, dieser eine da."

Im Grunde wußten wir nicht mehr, was wir noch tun sollten. Sämtliche potentiellen Zungenabschneider des Staates waren ebenfalls überprüft worden, aber in jener Septembernacht hatten sie längst ihren Abendtee hinter sich und waren in der geschlossenen Abteilung eingeschlummert. In Inari Huuhtilas politischer Vergangenheit war nichts zu finden. Ihre Wahlkampagne hatte weniger als zehntausend Mark verschlungen und es schien, als hätte sie alles aus eigener Tasche bezahlt. Auf dem Konto des Kleiderladens, des „Happylady 52“, gab es keine Unklarheiten, und obwohl die Huuhtila mit ihrer Erwerbstätigkeit nicht reich geworden war, so hatte sie doch auch keinen Hunger leiden müssen. Wir hatten in der Lebensgeschichte des ehemaligen Freundes herumgeschnüffelt, aber sie war ohne Fehl und Tadel, wie eine Heiligenlegende. Zum Bekanntenkreis von Inari Huuhtila gehörte kein einziger Fleischzerschneider; in ihrer Umgebung hielt sich niemand auf, der ein Vorstrafen-register hatte.

Ich schlug Nurkkala ein Spiel am Bajazzoautomaten vor, aber er hörte nicht zu, sondern nippte nur an seiner Wassertasse. Aus den Augenwinkeln sah ich, wie die Pyramide langsam umkippte.

Dieser Mann öffnete sofort nach dem Klingeln, gerade als hätte er darauf gewartet. Ein Quentchen mehr Pech, und ich hätte die Tür gegen die Stirn bekommen. Er trug einen Overall und ließ einen Schlüssel am Zeigefinger baumeln - wie alle anderen, die ich während meiner Laufbahn getroffen hatte, war er nicht wirklich für Begegnungen mit der Polizei trainiert.
„Äh, Sie können doch sicher mit in den Keller kommen? Ich muß nachsehen, ob mit dem Ventil was nicht in Ordnung ist."
Ich trabte hinterher und versuchte in den Kopf zu bekommen, an welche Berühmtheit er mich erinnerte. Die Türen knallten. Geschickt ging er geradewegs eine für Fahrräder und Kinderwagen angelegte, ziemlich steile Rampe hinab und verschwand hinter einer Ecke. Nurkkala war unterwegs, die Rezepte seiner Frau verlängern zu lassen, aber es war wohl egal, ob man diese ungefähr hundertachtzigste Vernehmung alleine oder im Team erledigte. Genauso gut hätte ich dem Mann einen Kassettenrecorder hinhalten, die Fragen vorlesen, Platz für die Antworten lassen und zeigen können, wohin er das Resultat schicken sollte.
Der Gang war dunkel, der Mann war nirgendwo zu sehen. Vor mir hörte ich ein Pfeifen: der Marsch des kleinen Zinnsoldaten.
„He!"
Die Tür schwenkte wieder gefährlich nahe vor meinem Gesicht auf.
„Wo bleiben Sie denn?" fragte er.
Für meine Dienstmarke interessierte er sich genausowenig wie für Inari Huuhtilas Photo, obwohl ihm letztere bekannt war.
„Ich habe die Frau schon anderswo gesehen, als in der Zeitung. Die hat doch hier in der Nähe gewohnt, Moment, in

der Ailakintie."

„Woher wissen Sie das?"

„Was würde man hier denn nicht wissen? Außerdem hat das in der Zeitung gestanden."

„Was?"

„Die Adresse."

„In welcher Zeitung?"

„Hören Sie, das weiß ich nicht mehr, aber alle reden davon. Immer noch."

Merimaa war ernst, aber nicht nur das machte ihn zum Buster Keaton von Korpela. In Merimaas Ernsthaftigkeit lag derselbe intellektuelle Facettenreichtum wie bei Keaton; er war nicht so kleinwüchsig wie der berühmtere Clown, aber der Mund war der gleiche, und der Hautstreifen zwischen Mund und Nase war ebenso breit. Ich sagte, er brauche nicht beunruhigt zu sein, denn es handle sich um eine normale Ermittlung, und darin bestünde nun einmal die hauptsächliche Tätigkeit der Polizei. Für diese Erklärung gab es keinen Anlaß. Das einzige, was Merimaa beunruhigte, war der Hinterreifen seines Geländerads. Er beugte sich vor, um mit geschwollenen Schläfenadern Luft in das neue Ventil zu pumpen.

„Ich habe ein paar wilde Spekulationen über diese Geschichte gehört."

„Zum Beispiel?"

„Die Frau wollte irgendwelche geheimen Dokumente übergeben. Jemand kam ihr zuvor. Also, daß es Industriespionage war, oder etwas noch Größeres, und daß ihr Laden nur eine Scheinfirma war, die, na Sie werden selbst wissen, ob Sie mit solchen mysteriösen Nebensächlichkeiten was anfangen können."

Die weißen Zähne blitzten hinter den schmalen Lippen hervor - der erste Sprung im Keaton-Rahmen. Er prüfte den Gummi und massierte mit den Fingerspitzen Speichel auf die Ventilöffnung. Ich fragte, ob er präzisieren könne, wo derartige helle Köpfe wohnten, die mit solch wilden Spekulationen daherkamen.

„Weiß ich nicht. Aber sicher ist immerhin, daß sich die Mühlen drehn. Hören Sie, war nicht auch Ihr Bild in der Zeitung? Damals, Anfang September?"

Ich entgegnete nichts. Merimaa erhob sich von seiner Akkordarbeit und betrachtete sorgenvoll den Reifen, der vor seinen Augen zischend zu einem jämmerlichen Platten zusammenschrumpfte.

„Es liegt am Schlauch. So ein Mist. Muß das Rad in die Wohnung holen, wenn die Kerle es nicht in Ruhe lassen. Die treiben sich hier rum und stechen mit ihren Nadeln die Reifen platt."

„Sie erinnern sich nicht zufällig, wo Sie selbst an dem besagten Abend waren?"

„Und dann habe ich so was gehört, daß die Huuhtila ein Doppelleben geführt haben soll. Sie war eine von denen mit einem schlechten Ruf, die sich in ihrer Wohnung mit delikateren Praktiken abgeben, als Ausgleich zum Kleiderladen."

Er wedelte mit der Pumpe durch die muffige Luft des Fahrradkellers, als wolle er die Spekulation Nummer zwei betonen. Dafür, daß er nur ein Ventil zuschraubte, war er etwas übertrieben angezogen. Jetzt senkte sich die Pumpe waagrecht auf meine Brust.

„Ich will mich ja nicht über die Polizei beschweren. Jeder tut, was er kann. Der Gott der Gläubigen weiß, wer die Frau umgebracht hat, aber man hat noch nicht die richtigen Signale gesetzt, die die Kommunikation ins Rollen bringen können. Ich meine, man sollte damit anfangen, Antworten auf Fragen der schlaueren Sorte zu bekommen."

Ich bemühte mich, den stilisierten Text auf der Brusttasche seines Overalls zu entziffern und wich unauffällig vor der Luftpumpe zurück, sie kam jedoch stur hinter mir her.
„Ihr bei der Polizei habt ja auch keine Taktik."
„Und Sie haben eine?"
Der Keaton von Korpela drehte raffiniert das Luftloch nach oben und zog den Kolben zurück. Er hatte nicht den geringsten Respekt vor der Polizei. Ich packte die Pumpe und riß sie ihm aus der Hand, bevor es ihm gelang, mir Luft in die Nasenlöcher zu katapultieren. Er ergab sich bereitwillig und bückte sich, um seinen platten Reifen zusammenzudrücken. Am liebsten hätte ich ihm mit der Pumpe einen kleinen Hieb verpaßt, riß mich aber zusammen. Das Oberlicht befand sich auf dem Niveau des Hofes und gab den Blick auf Nurkkalas Hosenbeine frei.
Merimaa sagte, er habe gelesen, die Huuhtila sei auf brutale Weise ermordet worden. Wenn das stimme, dann würde es sich rentieren, wenn die Polizei sich über das Erstellen einer genauen Charakteranalyse Gedanken mache. Diese bräuchte sie dann nur noch der richtigen Seele anzupassen.
Ich fragte ihn noch einmal, wo er am Todesabend der Huuhtila war.
„Zuhaus."
„Sie leben doch allein?"
„Richtig. Hat ein Alleinstehender die Tat begangen?"
„Kann das irgend jemand bezeugen?"
„Natürlich nicht. Dafür bin ich zu allein."
„Sie erinnern sich nicht zufällig, womit Sie an jenem Abend beschäftigt waren?"
„Natürlich nicht. Vielleicht habe ich ferngesehen."
„Wenn Sie schon so viele Versionen vom Hintergrund der Tat gehört haben, dann haben Sie sich doch bestimmt auch eine eigene Version zurechtgelegt?"

Der Eindruck des Stummfilmkomikers wurde endgültig erschüttert, als Merimaa seinen Mund zu einem böswilligen Grinsen verzog.
„Sie war eine aufreizende Frau. Vielleicht hilft das ein bißchen."
Er machte das Licht aus und bugsierte das Fahrrad durch die Tür, die ich ihm aufhielt. Pro forma schob ich ein bißchen am Sattel. Nurkkala stand im Windfang und studierte die Tafel mit den Namen der Hausbewohner. Ich bat Merimaa, sich zu melden, sobald eine neue Version an sein Ohr dringen sollte, oder sobald er selbst auf eine Idee käme. Unsere unterhaltsame Episode hatte kaum fünf Minuten gedauert - so lange, wie der Typ für seine technische Komplikation brauchte, so lange hatte er der Polizei geholfen. Wir waren Lichtjahre von Inari Huuhtilas Mörder entfernt. Frisch und musikalisch drang der Marsch des kleinen Zinnsoldaten aus einer der oberen Etagen.
„Wer von denen ist das?" fragte Nurkkala.
Jemand hatte die Buchstaben auf der Stecktafel neu sortiert. Die Thematik der Anagramme berührte mehr oder weniger direkt Dinge, die sich unterhalb der Gürtellinie befanden; genauer gesagt, waren die Anagramme entsprechend angepaßt worden, und auch Merimaa hatte reichlich Zusatzbuchstaben bekommen. Seine Bemerkung über die reifenstechenden Kerle war vielleicht nicht unbegründet, zumal sie sich auch schon um unseren Lada versammelt hatten, der auf dem Parkplatz neben dem Fußballfeld stand.

Die Jungs waren mindestens zu zehnt, sie hatten ihr Match beendet und hingen an den Scheiben, als würden sie etwas im Schilde führen.
„Habt ihr jetzt genug gesehn?" fragte Nurkkala auf eine Weise, daß sie vom Blech sprangen und einem von ihnen

der Ball unter dem Arm herausrutschte.
„Bullen“, rief der Kleinste und trabte dem Ball hinterher.
„Sie untersuchen den Mord an der Frau, oder?“
„Sie haben ein Funkgerät in der Schrottkiste.“
„Verzieht euch jetzt!“
„Wir wissen, wer's getan hat. Timi hat ihn vom Fenster aus gesehn, hast du doch, oder?“
Ein Rothaariger wischte sich den Rotz am Ärmel ab und nickte eifrig. Er war so alt wie Masa, vielleicht auch jünger. Der Zustand seiner Kleider ließ darauf schließen, daß er beim Match alles gegeben hatte. Das galt für alle.
„Was hast du gesehn, Timi?“
„Den Zauber-Jim.“
„Und Lothar?“
„Nein, bloß den Manrake.“
„Was?“
„Na, Zauber-Jim.“
„Wann hast du den gesehn?“
Die Spielkameraden schlossen den Halbkreis um Timi enger. Sie waren absolut zu jung, um Namenstafeln durcheinander zu bringen. Nurkkala hatte sich bereits hinter das Steuer gesetzt, von wo er mir ungeduldig zuwinkte.
„Ich hab' den Zauber-Jim unterm Flutlicht vom Fußballplatz gesehn, an dem Abend, wo's geregnet hat. Oder eigentlich war er gar nicht echt, weil er nicht den großen Hut vom Zauber-Jim aufgehabt hat, aber ...“
Sein Redefluß wurde vom Prusten der Kameraden unterbrochen; der Ball war von einem zum andern gewandert, und als Timi an die Reihe kam, war er so überrascht, daß er ihn nicht erwischte, sondern ins Leere griff.
„Fliegenfänger! Fliegenfänger!!“
Am Rand des Gehwegs nahm der Ball Fahrt auf und holperte den Hang hinunter, platschte in eine Pfütze und hüpfte

mit zunehmender Geschwindigkeit auf eine Ampel-Kreuzung zu. Timi dachte nicht mehr daran, wen oder was er gesehen hatte, sondern spurtete in seinem Trainingsanzug hinterher. Ich rief ihm eine Warnung nach.
„Das ist Veskus Pille, du Baby!!! Scheiß Fliegenfänger!"
Der Hang war steil, viel zu steil. Timis Beine konnten die Ordnung nicht halten, nach der Hälfte verlor er die Koordination und fiel auf den Bauch. Der Ball traf einen Laternenpfahl, bekam zusätzliche Geschwindigkeit und rollte auf die rote Ampel am Fußgängerüberweg zu. Wir standen hundert oder hundertfünfzig Meter von der Kreuzung entfernt, ich konnte gerade noch wahrnehmen, wie ein paar Typen die Arme hochrissen, bevor ein Laster mit einer hoch aufgetürmten Ladung Sand den Ball zerquetschte.
„Scheiße!"
„Der ist im Arsch."
„Veskus Pille."
Es war nicht schwer zu erraten, wer Vesku war. Das Echo des Knalls klang noch in den Ohren, die Jungs strömten als zerstreute Herde auf Timi zu, der in einer dramatischen Haltung auf dem Hügel lag.
„Schlappschwanz", sagten sie.
Ich empfahl ihnen, den Stil zu wechseln und half Timi auf die Beine. Auf seinen sommersprossigen Backen waren Flekken von Tränen und Matsch.
„Hat's sehr wehgetan?"
„Du bist schuld. Ich hätt' die Pille erwischt, wenn du nicht dazwischen gelabert hättest. Ich hätt' ihn noch eingeholt - au, das Knie ist im Arsch. Guck nur, jetzt krieg' ich von der Mutti wieder was auf die Ohren. Das sind ganz neue Hosen. Gewesen."
Timis Kameraden glotzten in der bekannten Halbkreisformation auf das aufgerissene Hosenbein und die verletz-

te, blutverschmierte Haut. Der schniefende Vesku hielt die Ballhülle zärtlich in beiden Händen, als ob es sich um ein Tier handelte. Ich versuchte, den Jungen zu trösten und sagte, jeder echte Fußballer müsse einmal pro Sommer seinen Asphalt-Ausschlag haben.
„Da sind nur die Bullen dran schuld ..."
„Beherrscht euch, Jungs!"
„Die Bullen sind schuld!"
Auf der anderen Seite blieben die Leute stehen, im Nu hatten sich genauso viele Neugierige versammelt wie an dem Morgen, an dem die Huuhtila gefunden worden war. Ein Rudel lamentierender Tanten mit Plastiktüten, alte Männer mit ernsten Mienen und herbstlichen Schatten auf der Stirn; zehn, fünfzehn, fünfzig.
„Kommissar, du hast Timi umgelegt und Veskus Ball kaputt gemacht!"
Die Burschen hatten zu viele Comics gelesen und zu viele Mordgeschichten in der Glotze gesehen. Die sterblichen Überreste des dahingegangenen Balles plumpsten neben meine Füße. Ich dachte, daß mich irgendein Fluch verfolgte, der über dem Viertel lastete.
„Wo wohnst du denn? Ich könnte mitkommen und deiner Mutter alles erklären."
Timi ächzte mannhaft und testete seine Beine. Sie trugen gut. Dann zeigte er auf ein heruntergekommenes Haus. In einer schweigsamen, betrübten Prozession strömten wir darauf zu. Als wir am Lada vorbeikamen, sah mich Nurkkala vielsagend an und bedeckte dann die Augen mit seiner spatengroßen Pranke. Ein Seufzer ließ den Lada erzittern.
„Du mußt Vesku eine neue Pille kaufen!"
In angemessenem Abstand folgten uns die Juniorkicker von Korpela. Sie ermutigten sich gegenseitig, und einer nach dem andern fing an, Forderungen oder Ansichten zum Ge-

schehen zu äußern. Das war die Kostprobe eines beispielhaften Teamgeistes, dabei waren die Jungs nicht mal zwölf Jahre alt, bei weitem nicht.
„Die Bullen sind Schweine, hängt die Bullen auf!"
„Wo kriegt Vesku jetzt eine neue Pille her?"
„Die Bullen sind schuld!"
Ich drehte mich zu ihnen um. Sie blieben stehen, die letzten Schmähworte wurden verschluckt, und die Jungs, die ganz vorne standen, gingen ein paar Schritte zurück.
„Können wir uns vielleicht darauf einigen, daß ihr jetzt den Mund haltet und von mir aus dort vor Timis Haus wartet? Dann komm' ich, und wir sehen, was sich in der Ballangelegenheit machen läßt. Klar? Klar, Vesku?"
„Kommst du auch bestimmt?"
„Es wird euch nichts anderes übrig bleiben, als euch auf mich zu verlassen."
„Die Bullen ..."
„Na, na", sagte ich und hob den gestreckten Zeigefinger.
Sie plapperten weiter, einer spuckte einen Schleimklumpen aus, und Vesku drückte die Balleiche.
Bestimmt hätten sie mich ernster genommen, wenn ich eine Uniform angehabt hätte, und wenn unser Wagen nicht von einer so geringgeschätzten Marke gewesen wäre. Solche Typen waren eher mit Polizisten à la Robocop auf du und du, die auf alles feuern, was sich bewegt und selbst in der infernalischsten Explosion keine Schramme davontragen. In ihren Augen war ich nichts anderes als ein in Halbschuhen durch die Gegend schlurfender Rezessionszeitenbulle, und wenn sie nur einen vor Zorn wahnsinnigen Agitator unter sich gehabt hätten, wären sie auf mich losgegangen. Bedrohliche Blicke wurden mir und dem sommersprossigen Timi hinterhergeworfen. Im Aufzug verzog der Junge das Gesicht, gab ein ersticktes Schluchzen von sich und be-

obachtete mich trübselig im Spiegel. Ich sagte, die Schrammen seien nicht so schlimm, wenn man den Dreck wegwischte, würden sie gleich viel harmloser aussehen.
Seine Mutter kam in Strumpfhosen und einem Angorapullover, unter dem sich die Rundungen ihrer Brüste abzeichneten, an die Tür. Ich hatte schon seit jeher eine Schwäche für rothaarige Frauen, auch wenn es mir noch nicht gelungen war, den Grund dafür zu analysieren. Zudem bestand in diesem Fall nicht die geringste Veranlassung, auch nur einer einzigen Frau gegenüber schwach zu werden. Denn ich war im Dienst und außerdem bereits ein gutes Stück weit auf das Nebengleis der Ermittlungen geraten.
Die Frau hielt eine gelbe Schüssel im Arm. Sie ließ mich mit dem Jungen hinein, befeuchtete anmutig ihren Zeigefinger und leckte eine cremegelbene Masse ab: Kuchenteig. Ihre schelmischen und schönen Augen weiteten sich in sachbezogener Weise, als ich begann, die Situation zu erläutern und ihr meinen Beruf mitteilte. Irgendwo im Hintergrund lief Rock aus den Sechzigern.
„Setzen Sie sich doch!“
„Vielen Dank. Ich bin in Eile.“
„Jetzt setzen Sie sich schon hin!“
„Mama, mein Knie tut weh.“
„Komm, ich helf' dir.“
Die Frau drückte mir die Schüssel in die Hand und bückte sich, um Timi die Hose auszuziehen. Ich schielte nach dem Inhalt der Schüssel; viel hätte nicht gefehlt, und ich hätte einen Finger in die süßlich riechende Pampe gesteckt. Dafür hatte ich eine perverse Vorliebe - dafür und für rothaarige Frauen, auch wenn Leenas Haare einen Schimmer von Landstraße hatten, aber man kann schließlich nicht immer alles haben. Links neben dem Spiegel hing ein offener Fächer, der einen schmalhüftigen Tänzer zeigte, rechts davon

ein Paar Kastagnetten. In der Mitte des Ensembles war ein überwiegend dunkler Kuntsi zu erkennen.
„Geh' unter die Dusche! Ich mache einen Flicken auf die Hose. Wasch' dich vorsichtig an der Wunde und nimm keine Seife! Es ist halb so schlimm."
Ich lächelte Timi aufmunternd zu. Er hielt die Hände vor seinen Pimmel und huschte ins Bad.
„So sind sie. Raten Sie mal, das wievielte Mal er mit kaputten Knien hier ankommt?"
Die Frau nahm mir ganz selbstverständlich die Schüssel ab und redete, als würden wir uns schon seit Jahren kennen. Schwarze Strumpfhosen, grüner Pullover, rot loderndes Haar. Sie verschwand nach hinten, kam von neuem an die Tür und winkte mich hinter sich her. Ich war im Begriff, alles falsch zu verstehen.
„Wenn du von der Polizei bist, dann kann ich dir gleich eine komische Geschichte erzählen, die Timi in einem fort von sich gibt, seit die tote Frau gefunden worden ist."
„Ja. Eigentlich ..."
„Manchmal geht diesen Rackern die Phantasie so sehr durch, daß man sie mit nichts mehr bändigen kann."
„Ich weiß."
„Hast du auch Kinder?"
„Zwei Jungs. Mir ist so etwas Ähnliches auch schon aufgefallen."
„Timi behauptet, er hätte an jenem Abend, oder eigentlich war es ja schon Nacht, etwas gesehn."
Die Frau wiederholte die Zauber-Jim-Geschichte, rührte den Teig und kippte ihn in eine Form.
„Der Junge kommt nachts immer wie auf Knopfdruck zu mir ins Bett. So zwischen elf und eins. Ich werde wach, wenn er aus seinem Zimmer kommt, wo er immer einschläft, und ans Fenster geht."

„Und dort schwebte Zauber-Jim?"
„Exakt."
„Was machte ihn denn zum Zauber-Jim?"
„Er hatte die Kleider vom Manrake. Ist doch logisch."
Timi stand in der Tür und schnüffelte nach den Küchengerüchen, das Handtuch, das er sich um die Hüften geschlungen hatte, hing ihm bis auf die Knöchel. Ich fragte ihn, welche Kleider Zauber-Jim trug, und wohin er an jenem Abend unterwegs war.
„Na, heim. Er ist gerannt. Und er hatte den feinen schwarzen Anzug an. Das weiße Hemd habe ich auch gesehn und so 'ne Schleife, und dann hat er noch was unterm Arm gehabt."
„Einen Stab?"
„Nein."
„Hat der Zauber-Jim keinen Stab?"
„Doch, aber das war so was wie ein Bündel, und er hat's eilig gehabt."
„In welche Richtung ist der denn gelaufen?"
„In die."
Ich bat Zauber-Timi, es mir am Fenster zu zeigen. Er drückte sich die Nase am Glas platt und streckte dabei den Kopf so nach vorne, als wollte er versuchen, ihn durch die Scheibe zu drücken.
„Von da nach da, Richtung Apilakuja. Bestimmt hat er es so eilig gehabt, weil's geregnet hat und weil er so feine Klamotten angehabt hat. Dann bin ich wieder schlafen gegangen."
„Neben die Mama?"
„Nein, wieso?"
„Nur so. Aber du hast das nicht geträumt? Bist du sicher, Timi?"
„Bin ich."

Er löste sein Gesicht von der Scheibe, die von seinem Atem beschlagen war. Ein Finger teilte das Bild in vier Teile. Plötzlich rannte der Junge in das Zimmer, von dem ich vermutete, daß es seines war.
Seine Mutter stand auf der Schwelle und musterte mich: „Sein Vater ist letzten Frühling weg. Das war ein harter Brocken für ihn. Er guckt jedes Mal aus dem Fenster, ob er endlich zurückkommt. Deswegen wacht er auch auf. Aber Hannu ist kein Zauber-Jim. Was glaubst du, könnte das wichtig sein?“
Ich sagte, ich wisse es nicht und fragte, ob der Junge seine Beobachtung irgendwann mit irgend jemand anders als mit Zauber-Jim in Verbindung gebracht habe. Die Frau schüttelte den Kopf und zog sich zurück, um nach ihrem Backwerk zu sehen, die roten Strähnen fielen über die Schultern nach vorne. Man mochte sich fragen, was dieser Hannu für einer war, daß er sich aus solch einem gemütlichen Zuhause, von einer so reizenden Frau und einem so reizenden Jungen davongemacht hatte, aber die Gegenreaktion folgte auf dem Fuße: Was ging mich das private Lokaldrama an, und war ich noch bei Verstand? Hätte bloß noch gefehlt, daß ich mich erkundigte, für wen der Kuchen geknetet worden war, und anmerkte, daß mein Lieblingsbelag aus frischen Erdbeeren bestand. Und die hätte man um diese Zeit nicht einmal bekommen.
„Also, wir melden uns, wenn sich etwas Neues ergibt, und falls Timi noch etwas einfällt, hier ist die Nummer. Oder Sie...“
„Titta. Ich halte die Ohren offen.“
Das Lächeln der Frau überbot spielerisch jedes Gutenachtlächeln der attraktivsten Fernsehansagerin; es lag eine persönliche Ausstrahlung und Schönheit darin, innerstes Charisma und Natürlichkeit. Nur ein Wink, und ich wäre ge-

blieben, um die Sahne zu schlagen.
Die Knirpsliga hatte sich um Nurkkala versammelt, der hinter dem Steuer des Lada mit gespreizten Händen Erklärungen abgab. Fünfzehn Minuten später standen wir an der Kasse einer reichlich ausgestatteten Tankstelle und zählten Scheine auf die Theke für einen Ball, der aus Leder war und „Professional FIFA Approved". Die Jungs pumpten ihn geschäftig zwischen den Tanksäulen auf. Veskus Miene strahlte, und wir hatten für weniger als sechzig Märker Verbündete gewonnen. Yeah, Bulle, und was war einfacher, als sich von Raivinkimaa das Geld zurückzubetteln. Für derartige Ausgaben hatten wir schließlich unser Spesenkonto.

Raivinkimaas Rekord auf hundert Metern lag bei elf komma eins. Handgestoppt. Auf der Stadionrunde hatte er die fünfzig Sekunden unterboten und im Hochsprung einsneunzig geschafft. Ich wußte seine Bestleistungen auswendig, allerdings war bereits verblaßt, wieviele Pokalpunkte er in seiner aktiven Laufbahn den Sportfreunden Viipuri eingebracht hatte. Sogar in der Nationalmannschaft hatte er für die Staffel am Start gestanden.

Jene tüchtigen Kameraden, die auf der Kalklinie mit gestreckter Brust das Zielband zerstückelten. Jene vergilbten Photographien in brüchig werdenden Zeitungen. „Die gewissenhafte sportliche Ertüchtigung der Jugendjahre schuf die physische Grundlage und die geistige Frische, die ihm zum Erfolg im Nachtleben verhalfen." Der Druckfehler löste unzählige Lachsalven aus, und der Zeitungsausschnitt machte von Büro zu Büro die Runde; es wurden Kopien angefertigt, und die Übermütigsten hängten ihn eine Zeitlang ans schwarze Brett. Wir alle kannten ja die Gewissenhaftigkeit des Chefs, und einigen Flurgesprächen zufolge hatte er damit gedroht, den Redakteur zu verklagen, der die Geschichte verzapft hatte. Ich stellte mir vor, wie er mit seinen stämmigen, behaarten Beinen auf der staubigen Geraden eines Provinzsportplatzes über die Viertelmeile galoppierte und kämpfte dabei gegen das Einnicken wie Raivi gegen seine Gegner. Nachdem die Kinder im Bett waren, hatte ich mit Leena einen Weißen entkorkt, weil unser wer weiß wievielter Hochzeitstag war. Als wir genügend Gläser intus hatten, setzten wir die Feier in der Rosenbettwäsche von Hobby Hall fort, so daß ich erst in den frühen Morgenstunden entschlummerte.

Raivinkimaa hatte davon keine Ahnung. Und auch von sonst nicht viel. Er stand in seinem brombeerkonfitürefarbenen Blazer vor der Tafel im Konferenzraum und unterteilte das

Gebiet von Korpela in Sektoren, von denen jeder eine bestimmte Gewichtung erhielt, je nachdem wie dicht er am Tatort des Mordes an Inari Huuhtila lag.

„Wir können davon ausgehen, daß der Täter die Gegend kennt, da es ihm gelungen ist, spurlos zu verschwinden. Wir können davon ausgehen, daß er sein Auto entweder hier oder dort hinten auf dem Parkplatz stehen hatte, und daß er weiter geflüchtet ist, aber wir können auch davon ausgehen, daß er irgendwo innnerhalb dieser Sektoren wohnt."

Ich rutschte in meinem Stuhl immer weiter nach unten. Der Teleskopstock folgte den Umrissen der Skizze, hüpfte von einem Sektor zum nächsten, verweilte gedankenverloren in irgendwelchen Zonen und zog sich dann vorerst von der Tafel zurück, um das Bruststück eines Polohemdes zu streicheln.

„Wir können genauso gut annehmen, daß der Mörder der Huuhtila angeboten hat, sie im Wagen mitzunehmen, diese aber nicht auf das Angebot eingegangen ist."

Die Stockspitze beschrieb eine Ellipse über unseren Köpfen. Ich überlegte, ob das eine Denkblase sein sollte, eine leere Denkblase, für die sich der Boß einen Inhalt wünschte. Dann nickte ich wieder ein. Ich konnte nicht weiter sinken, ohne unter den Konferenztisch zu poltern. Nurkkala starrte stocksteif auf den Chef und wußte wie immer nicht, was er mit seinen großen Händen anfangen sollte, zwei Stühle weiter vor dem Fenster saß desinteressiert und grau Kollege Soikkeli. Kunnaala, Huopanakoski und Verkkonen bevölkerten die restlichen Tische. Waren wir von allen guten Geistern verlassen - erfahrene, ausgezeichnete Spezialisten, oder war ich der einzige, dem hier jemand auf die Nerven ging? Ich versuchte mich zusammenzureißen, aber Raivinkimaas Sektorendenken war so entmutigend wie ein streikender Blinddarm; die Zeichnung erinnerte an die Skizze vom Mord an JFK, die ein sensationshungriger Amateur vor dem Schulbuchmagazin aufgehängt hatte.

„Von den Gewichtungen gelangen wir naturgemäß zu Wahrscheinlichkeiten. Und der Schlüsselbegriff lautet hier, wie bei vielen anderen Problemen auch, Mathematik. Haben wir doch, nach meinem Dafürhalten, insofern Fortschritte erzielt, als wir sagen können, die Schwerpunktbereiche der Ermittlung befinden sich gerade in diesen vielversprechenden Sektoren. Als Männer, die ihr Fach beherrschen, habt ihr von allen Seiten Beobachtungen gesammelt, die aus diesem oder jenem Grund als deutlich sichtbare, funkelnde Körner in der Goldwäscherschale des Verstandes zurückgeblieben sind."

Nurkkalas Ärger war zuerst an zwei parallelen Linien oberhalb der Nasenwurzel zu erkennen, die sich zu Falten vertieften. Ich nickte Raivinkimaa verwirrt zu, der mir direkt in die Augen zu blicken schien und spähte erneut auf Nurkkalas Furche. Jetzt hätte man darin bereits Paprikasamen säen können. Es raschelte. Raivinkimaas erste Karte wurde über die Tafel geschlagen, und darunter kam ein mit dicker, schwarzer Tusche hingeworfenes Haus zum Vorschein, bei dem das mittlere Viereck im Erdgeschoß hervorgehoben war. Aha, dachte ich folgerichtig, während mir beinahe die Kinnlade auf die Tischplatte schlug, weil mein Ellbogen vom Rand in den Schoß gerutscht war. Aha, Huuhtilas Klamottenladen.

„Hier haben wir das Ladengeschäft von Inari Huuhtila ... Häpiläidi zweiundfünfzig ..., also das ist keine exakte Kopie, aber ich finde, es ist sehr anschaulich. Wer von euch ist dort gewesen?"

Kunnaala und Huopanakoski hoben die Hand, ich hatte schon genug Mühe, mit dem Kopf zu nicken. Vor der Tür

summte die Bohnermaschine.
Raivinkimaa gelang es in keinster Weise, das Goldwaschen mit der Mathematik zu verknüpfen; das war typisch für ihn: Er stellte rätselhafte Sprachbilder und die Terminologie unterschiedlicher Bereiche in den Raum und warf gleichzeitig seinen Zuhörern kurze, vergnügte Blicke zu, als ob wir im nächsten Moment die Hände zusammenschlagen und vor Bewunderung zusammenbrechen würden. Ich schätzte ihn wirklich nicht besonders.
Der Chef fing an, das Viertel um den Fummelladen auf die gleiche Art in Sektoren zu zerstückeln wie die Umgebung von Korpela. Jeden Sektor versah er mit einer Gewichtung und schmuggelte in seine Sätze Ausdrücke wie „Bezugsrahmen" oder „Funktion" oder „Justierung". Ich mußte voller Neid an die Schlitzohren denken, die in der Lage waren, mit offenen Augen im Sitzen zu schlafen; ich dachte an die ekstatischen Momente mit Leena, und plötzlich machte sich ein Lächeln auf meinem Gesicht breit. Wir hatten uns gegenseitig in die Ohren gekichert, uns vielleicht sogar Obszönitäten zugeflüstert, und an einem bestimmten Punkt hatte ich mich blitzartig auf meine eigene Frau geworfen, als wir aus dem Kinderzimmer Peetu reden hörten. Im Traum hatte er gesagt, der Schatz müsse auf die Südspitze der Insel zurückgebracht werden.
„Wir konzentrieren uns nun auf die vernommenen Personen, die sich in irgendeiner Weise unsicher anhörten, in deren Gedanken Unregelmäßigkeiten zum Vorschein kamen, oder die einfach in ihrem Verhalten Anlaß geben ... so wie dieser Zauber-Jim ... Kuntsi, du hast doch mit diesem Jungen gesprochen, wenn ich mich recht erinnere?"
Ich wälzte mich ein weiteres Mal aus Leenas Armen.
„Ja, also, der Junge hat jemanden gesehn an dem Abend, aber es ist schwierig, da irgend etwas Neues herauszube-

kommen."
„Danach habe ich nicht gefragt."
„Nein, natürlich nicht."
Raivinkimaa fing nun an, die Geschichte von Minister Ritavuori aufzuwärmen. Vielleicht hatte er die anderen im Gegensatz zu mir und Nurkkala mit seinen historischen Nachforschungen bisher verschont, und man mußte zugeben, daß seine Erzählung jetzt neue Wendungen und mehr Fakten aufwies. Ich hielt es trotzdem nicht bis zum Schluß aus, sondern stand auf und schlich zur Tür.
„Na?" fragte Raivinkimaa.
„Wichtiges Telefongespräch."
Seine Antwort wartete ich erst gar nicht ab. Mathematik und Goldwaschen, hundert Meter flach und Zungenbrecher. Mein Kopf war schwer, die Augen schmerzten im grellen Korridorlicht, aber das Bewußtsein, mich unberechtigter Weise davongemacht zu haben, munterte mich auf. Ich konnte also doch noch meinen eigenen Willen in die Tat umsetzen, obwohl er schon lange aufgehört hatte, frei zu sein. Es gibt überhaupt keinen freien Willen; außer vielleicht als philosophischer Begriff oder in den Reden kluger Menschen.
Ich passierte weiß gestrichene Bürotüren, meine Schritte wurden langsamer. Also gut, ich war bereit, auf den freien Willen zu verzichten und mich damit abzufinden, daß die Tage hauptsächlich voller unangenehmer Pflichten waren, daß praktisch bei allem die Haltung eines anderen zu dem oder dem berücksichtigt werden mußte, und daß das einzige starke, einzeln vorkommende Gefühl der Neid war. Aber war ich auch bereit, auf die Frage nach dem Sinn des Lebens zu verzichten? Meine Schritte wurden noch langsamer.
Als Junge wollte ich Steinbohrer werden, Lokomotivführer

oder Flugzeugmechaniker. Da war ich ungefähr zehn, zwölf. Das waren Berufe, die Kraft und Geschick von mir verlangt hätten, und wer einen solchen Beruf ausübte, der wurde mit Bewunderung betrachtet. Stahl, brechender Granit, vorwärts rollende oder rasende Maschinen, fein abgestimmte Elektronik, Sinn des Lebens. Zum Kotzen, daß ich so hirnlos war und danach gar nichts mehr wollte, bis ich Polizist geworden war. Kriminalpolizist, Fahndungsbeamter, Sinn der Fahndung. Ich war gänzlich zum Stehen gekommen, eine Tür klatschte mir gegen den Bauch.

„Kuntsi!"

„Sorry!"

„Hast du dir wehgetan?"

„Nein ... überhaupt nicht. Ich war wohl in Gedanken."

„In welchen denn?"

„Über den Sinn des Lebens."

„Was?"

„Ach nichts, schon gut."

„Wie wär's mit einem Kaffee? Hast du Sinn des Lebens gesagt?"

„Nein. Laß gut sein."

Sojakka gehörte zu den Jüngeren der Abteilung. Er hatte einen unerschütterlichen, forschenden Blick - hatte er den Sinn des Lebens gefunden? - und buckelte vor niemandem, sondern schien seine wohlüberlegte Meinung stets dann einzustreuen, wenn eine passende Lücke dafür bestand. Er hatte die Ärmel hochgekrempelt, woraus man nicht schließen durfte, er würde meinen, dadurch mit den Verbrechen leichter fertig zu werden. Die Büros hatten einfach so geringe Ausmaße, daß darin kein Lüftchen ging. Ich fragte ihn, warum er nicht bei Raivinkimaas Palaver erschienen war. Er klappte zwei Ordner auf seinem Schreibtisch zu und sagte, er habe seine Zeit nicht mit Sachen vergeuden wollen, die

ohnehin klar waren.
„Du weißt schon, was ich meine, so ganz unter uns."
„Ja, ja. Ich bin auch abgehauen."
„Wovon hat er denn geredet ... doch nicht vom Mord am Minister?"
„Davon auch."
Auf seinem Tisch klingelte das Telefon. Ich signalisierte ihm, daß ich meinen eigenen Verschlag aufsuchen würde. Sojakka nickte. Ich hörte, wie er eine Tennisstunde vereinbarte.
Der dicke Umschlag lag unter ein paar Postwurfsendungen. Mit kindlichen, zurückgebogenen Großbuchstaben war mein Name daraufgemalt worden, und ich dachte sofort, daß die Schriftprobe wohl absichtlich so ausgefallen war. Eine Irreführung.
Der Inhalt war keine Irreführung mehr. Der Absender hatte ein richtiges Begleitschreiben beigelegt, auch wenn ich das Zeug, das auf meinen Tisch kullerte auch so erkannt hätte: Lippenstift, Kamm, Haarspray, eine angebrochene Packung Papiertaschentücher, Hustenbonbons, Münzen, eine Geldbörse und verschiedene persönliche Papiere, die Inari Huuhtila gehörten, wie eine Krankenversicherungskarte, eine Bankkarte mit Bild und so weiter.
„Hier das bewegliche Habe der verschiedenen I. H. Ich kann damit nichts anfangen. Auch das Geld ist auf den Pfennig vollständig, weil ich auch damit nichts anfangen kann. Behalten Sie es, falls Sie dafür Verwendung haben. Ich habe die Frau umgebracht, weil sie es schlicht und einfach verdient hat und das Leben wiederum nicht verdient hat. Das wäre alles. Ein recht schönes Jahresende."
„Scheiße."
Ich faßte nichts mehr an. Der Lippenstift war bis zur Tischkante gerollt, von wo er in Zeitlupe auf den Fußboden fiel und mit seinen idiotischen Umdrehungen weiter in Rich-

tung Sojakka rollte.
„Was hast'n da?"
„Dieser verfluchte Typ hat ... na, den Kram von der Huuhtila. Ich bring ihn zur Spurensicherung. Der will sich über uns lustig machen, was sonst."
Der Begleitbrief setzte sich aus Silben- und Wortfragmenten zusammen, die aus Zeitungen ausgeschnitten waren. Eine alte Masche. Ich las ihn noch einmal; der Stil war lakonisch, ein bißchen ungelenk und hinterhältig. Es handelte sich keinesfalls um einen Meister des geschriebenen Wortes. Auch Sojakka war nicht begeistert, als er die Nachricht gehört hatte.
„Das ist eine höllische Kleberei, und trotzdem hat er den Namen mit Tusche draufgeschrieben."
Ich zeigte den dicken, innen mit Kunststoff verstärkten Umschlag. Irgendwo in der Innenstadt aufgegeben. Ich las die Story ein drittes Mal, als Nurkkala hinter Sojakka in der Tür erschien.
„... und das Leben wiederum nicht verdient hat ... wiederum nicht, wiederum nicht. Wo drückt man sich denn so aus?" wunderte sich Nurkkala.
„Als ob er das Wort 'aber' umgehen wollte. Verdiente es, aber nicht das Leben. So eine verdammte Scheiße."
„Die Zunge war nicht drin?"
Ich spähte in die Tüte. Hinter den Kollegen blitzte Raivinkimaa in seiner Brombeerjacke auf. Gott sei Dank bremste er nicht vor meiner Tür. Dann wäre mir nichts übriggeblieben als das Begleitschreiben noch einmal zu lesen.

Der Hund war erschreckend und unverhältnismäßig voluminös. Von weitem hätte man ihn leicht mit einem Ochsen verwechseln können. Er stellte einen grauen Cocktail aus mehreren Rassen dar, und seine matten, wässrigen Augen ließen mich nicht eine Sekunde zur Ruhe kommen. Nurkkala war im Wagen geblieben, um Kupons aus der Angebotsseite auszuschneiden, hatte allerdings versprochen, gleich nachzukommen. Natürlich glaubte ich ihm das auch. Es gab Dutzende von Kupons, und dank seiner wahnsinnigen Schulden blieb ihm nichts anderes übrig, als jeden einzelnen auszuschneiden. Würste und Unterhosendoppelpacks.
Der Tiefe des Brustkastens entwich ein ganz und gar nicht freundliches Röcheln. Das Biest legte sich neben einem Schotterhaufen auf den Bauch und grub in der Erde. Ich setzte mein bestes Lächeln auf und bemühte mich, wie der sorglose, kameradschaftliche Vertreter einer Hundefutterfirma auszusehen. Hatte aus Nurkkis Kupons nicht auch ein Hundeschlabberangebot hervorgeschimmert? Das mit Stahlnieten verstärkte Zweizollhalsband des Viechs belegte, daß es sich hier nicht um einen von den Bergen herabgestiegenen Wildhund handelte, aber auch diese Beobachtung vermochte mich nicht zu beruhigen. Ich konnte nämlich nicht genau erkennen, ob der Hund angekettet war. Seine Ohren hätten genug Material für die Fausthandschuhe eines ausgewachsenen Mannes hergegeben. Jetzt preßten sich diese Ohren gegen den knöchernen Schädel. Ich versuchte einen Namen für das Tier zu finden und sagte:
„Tsts, braver Junge ... Monster, Knochenbrecher ..."
Er rollte seine schwarze Oberlippe auf, blähte komisch die Backen und entblößte seine Zähne. Ich war sicher, daß er nicht lächelte. Der Wagen stand zweihundert Meter weit weg, allein bis zum Gartentor waren es sechzig Meter. Im Vergleich dazu bedeutete eine Stunde Raivinkimaa das rein-

ste Glück. Mit sicheren Schritten trat ich auf dem Plattenweg den Rückzug an, verfluchte innerlich diese Überprüfung eines Hinweises, die solch eine ätzende Wendung genommen hatte und erinnerte mich dann, gelesen zu haben, daß Tiere Angst riechen können, und daß die Geruchsmoleküle beim Erreichen der Schnauzenspitze einen Tobsuchtsanfall auslösen.
„Tsts, Dampfwalze ... der Onkel geht wieder."
In meiner Hosentasche ertastete ich einen einzigen kümmerlichen Bonbon. Damit würde ich kaum einen Hund von hundert Kilo besänftigen können. Auch nicht mit etwas anderem. Ich warf einen Blick auf die Fenster des Einfamilienhauses, ohne mehr zu sehen als mein eigenes, langsam zurückweichendes Polizistenspiegelbild. Ich registrierte die Apfelbäume an der Ostseite des Hauses und das unter einer Plane verankerte Boot. Dieser Wahrnehmung folgte eine weitere:
„Na komm schon, Junge, take it easy, relax ... sch ..."
Der Hund sprang auf und kam in hohem Tempo auf mich zu. Kuntsi, Vesa Matias, in der Kapelle schon die Glocke klingt, wenn er mit der Bestie ringt. Kameraden! Am Gaumen spürte ich den Geschmack elektrisierten Blutes, verhedderte mich beim Rhythmuswechsel und stürzte auf die scharfkantigen Steine, wobei ich bemerkte, wie der unglückliche Köter von seiner Kette zurückgerissen wurde. Der Fall war klassisch, viele Male gesehn, und ich durfte dabei sein - und sogar als derjenige, der zuletzt lacht. Von der Bedrohlichkeit des Hundes waren nur noch Reste übrig, er bellte frustriert und trollte sich zurück zu seinem Haufen.
„Hat doch nicht wehgetan?"
„Nein."
Der Mann stand mit einem Rechen auf der Schulter an der anderen Hausecke neben der Traufe. Ich war sicher, daß er

den Zwischenfall von Anfang an verfolgt hatte.
Er sagte, der Hund laufe nie frei herum; das würden schon die städtischen Verordnungen verbieten.
„Den meisten genügt der bloße Anblick.“
„Absolut.“
Ich stellte das schmerzende Bein auf die Erde und erschrak, denn es schien überhaupt nicht zu tragen. Bänder und Meniskus auf einen Schlag. Ich lächelte dem Hund zu, den der Mann Pate nannte. Angeblich hatte er ein weiches Herz, aber das glaubte ich dem Mann nicht. Ich vermutete sogar, daß der Hund überhaupt nichts Derartiges besaß, und daß sich anstelle des Herzens ein mehrere Zentimeter dicker Knochen befand. Jetzt lächelte ich dem Mann zu; es war mir egal, wie er mein Lächeln interpretierte, zumal es einen höllischen Schmerz kaschierte.
Der Mann hieß Kanerva und antwortete nicht auf meine fröhliche Miene, als ich ihm erklärte, von der Polizei zu sein; die Stimmung lebte auch kein bißchen auf, als ich Inari Huuhtilas kürzlichen Tod zur Sprache brachte.
„Es sieht so aus, daß Ihr Auto an jenem Abend, an dem Inari Huuhtila ermordet wurde, neben dem Fußballplatz in Korpela geparkt war.“
„Tatsächlich? Ist das verboten?“
„Natürlich nicht, aber umso unbefangener können Sie erzählen, warum Ihr Wagen dort stand.“
„Ich weiß ja nicht einmal mehr, daß er dort stand.“
Ich erzählte Kanerva von den fußballspielenden Jungs, ließ allerdings Timi mit seinem Zauber-Jim beiseite und erinnerte daran, daß Jungen in dem Alter Autos, die in Amerika hergestellt werden, nicht allzu leicht vergessen. Auf der Suche nach Raritäten tragen die Jungs stets ein Heft mit sich herum, und darin gibt es auch eine Spalte für das Datum. Die Beobachtung fand sich in drei verschiedenen

Heften.
„Es war mit Sicherheit Ihr Auto."
„Na dann. Was ..."
„Wo ist Ihr Auto denn jetzt?"
„Die Kupplung wird repariert."
Seine Antwort kam flüssig, vielleicht sogar zu flüssig. Der Mann ließ seine Hand den Rechenstiel entlanggleiten und schien angestrengt über etwas nachzudenken. Er war so groß wie ich und ungefähr genau so schwer; die Eckigkeit seines Gesichts wurde von einer sanften Artikulation gemildert sowie von einem Gärtnerjäckchen aus Samt, dessen hundert Taschen den Eindruck vielfältiger Aktivitäten vermittelten.
Die Knirpsliga hatte ihre Hefte verglichen, das Datum mit dem Fall Huuhtila in Verbindung gebracht, und einer hatte seinem Vater davon erzählt. So einfach war die Sache vorangekommen, wie meistens, wenn wir mit unseren Methoden keinen Erfolg haben. Ich hielt mir das Knie.
„Ich kann mich wirklich nicht erinnern."
„Ihr Auto war das einzige."
„Sie sind aber hartnäckig. Warten Sie ... na, also nehmen wir mal an, es war meins, was heißt das schon?"
„Die Jungs waren an jenem Abend noch ziemlich spät unterwegs. Vielleicht haben Sie Bekannte in Korpela, waren irgendwo zu Besuch."
„Hab' ich nicht."
„Denken Sie sich eine bessere Erklärung aus."
Die Hand wechselte vom Rechenstiel in den Nacken. Der Hund lag in seiner Ausgangsstellung und schien glückselig vergessen zu haben, daß ihn die Kette bei der nächsten Gelegenheit wieder so zurückreißen würde wie vorhin. Kanerva vermochte nichts gegen seine Nervosität auszurichten; vielleicht war ich zu schnell vorgegangen, ohne ihm genügend

Vorbereitungszeit gelassen zu haben. Er blickte auf seine Füße, dann schnell zum Himmel, und da weder aus der einen noch aus der anderen Richtung Hilfe nahte, bat er mich hinein. Die Einladung war mir recht, so konnte ich mein Knie ausruhen und er eine Weile nachdenken.

Kanerva schälte sich aus seiner sonderbaren Jacke und gab wie um Entschuldigung bittend zu, daß das Haus eigentlich zu groß für ihn sei, aber weil das Grundstück schön war und der Preis vernünftig, war der Kauf zustande gekommen. Ich wußte nicht, ob er versuchte Zeit zu gewinnen, oder was das sollte.

„Ich beschäftige mich mit Holzarbeiten. Jetzt habe ich eine geräumige Werkstatt ... also, äh, ich bin bestimmt nur rumgefahren und war drüben in Korpela einfach nur am Kiosk, am Lebensmittelkiosk und habe Milch gekauft. Sonst fällt mir jetzt keine Erklärung ein."

Mir war nicht klar, ob er ernsthaft seine Erinnerungen durchstöberte oder ob er bluffte. Das Fenster der gemütlich eingerichteten Küche ging auf den Schotterhaufen und den Menschenfresserhund hinaus. Immerhin hatte der Mann kein Vorstrafenregister. Er fragte, ob auf dem Parkplatz nicht noch andere Autos standen.

„Nein."

„So ein Mist. Ja, das liegt auf dem Weg hierher. Das kann man nicht leugnen. Ich habe dort Milch und Wurst gekauft, irgend so etwas."

„Gibt es dort einen Lebensmittelkiosk?"

„Weiß ich jetzt gar nicht."

„Gibt es", half ich. „Aber wenn Sie dort waren, dann frage ich mich, warum Ihr Auto am Fußballplatz geparkt war und nicht auf dem Parkplatz des Einkaufszentrums."

„Das ist doch unerhört. Sie können mir nicht einfach irgend etwas anhängen."

„Gewiß nicht."
„Ich wohne hier erst so kurze Zeit, daß ich mich in der Gegend noch nicht so gut auskenne. Ich habe es ja schon zugegeben, vielleicht war ich dort auch spazieren. Hier geht wohl jemandem die Phantasie durch. Die Polizei glaubt doch nicht etwa, daß ich irgend etwas mit der Bluttat zu tun habe?"
Kanerva wand sich vor dem Spültisch - ich sagte ihm, daß wir gar nichts glaubten, diesen Hinweis aber nun mal bekommen hätten und ihn nun überprüften.
„Ich kann Ihnen nicht weiterhelfen. Ich kenne diese Frau nicht, und es tut mir leid, daß sie auf diese Art und Weise umgebracht worden ist. Das ist alles."
„Sie haben bestimmt die Adresse von der Werkstatt, wo die Kupplung repariert wird."
Ich bekam sie. Kanerva trat mit grauem Gesicht vor mich hin, schob sich eine Tablette aus der Dose, die er in seiner Faust versteckt gehalten hatte, in den Mund, schluckte sie und sagte, daß ich und alle verdammten staatlichen Polizeikräfte sein Haus auf den Kopf stellen und ihn, Matti Kanerva, in die Mangel nehmen könnten, seinetwegen sogar mit dem Lügendetektor. Wir würden nichts herausbekommen. Er sagte, er sei ein anständiger Mensch, und wenn er auch in Frührente war, so hatte er doch sein Eigentum mit Mitteln verdient, die dem Tageslicht standhielten. Sein Vortrag war bewegend und authentisch, aber ich wußte, daß sich hinter dieser Art von Beleidigtsein und Geltungssucht etwas Schmutziges verbarg. Der Mann war nicht imstande, seine Predigt gänzlich zu kontrollieren, vielleicht enthielt sie eine Spur zuviel Übereifer.
„Dies ist ein freies Land", mahnte er.
„Kein Grund, sich aufzuregen."
„Ich bin schon mehr als genug belästigt worden."

„Aber gerade haben Sie doch gesagt, Sie wohnten erst kurze Zeit hier."
„Gehen Sie!"
Ich nickte und humpelte zur Tür. Kanerva verfolgte mich auf Wollsocken und mit blauen Lippen, an der Wand hing ein Schlagstock. Die Rabauken von Korpela hatten weiß Gott einen vielversprechenden Hinweis gegeben, aber selbst wenn Kanerva irgend etwas verheimlichte, mußte das nicht unbedingt mit Inari Huuhtila zu tun haben. Womit dann? Der Hund hatte sich zur Statue verwandelt, in fünf Sekunden würde er seine Zeremonie wiederholen. Ohne ihn und seinen Herrn hätte ich mich in der Gegend richtig wohlfühlen können; Masa und Peetu hätten ihre eigenen Zimmer bekommen, Leena und ich hätten die Werkstatt für unsere Hobbys teilen können. Ein Eigenheim ist der egoistische und süße Traum eines jeden - meiner ebenso wie der Nurkkalas, welcher nicht in der Lage war, sein eigenes zu bezahlen.
Er hantierte immer noch mit seinen Kupons. Der linke Haufen war für die schlechten, der rechte für die guten.
„Was zum Teufel wurstelst du hier rum. Wärst mir lieber zu Hilfe gekommen", sagte ich außer mir.
„Verdammt großer Hund. Warte einen Moment ..."
„Der hätte mich umgebracht."
„Ach deswegen."
Nurkkala schob die guten Kupons in seine Brieftasche und stopfte die überflüssigen in kleinen Bällchen in den Aschenbecher. Kanerva hatte sich neben sein Raubtier gehockt und kraulte es.
Aus der Entfernung und aus dem sicheren Auto heraus stellte ich fest, daß die Gegend zu den besten Wohngebieten zählte, die sich innerhalb der Stadtgrenzen finden ließen. Gewässer und üppige Natur. Ich sah mich selbst hinter dem

Haus in einer zwischen zwei Apfelbäumen befestigten Hängematte in der Sonne dösen, Masa und Peetu würden Federball spielen und Leena im Bikini die ergiebigen Beete pflegen.

Ich und meine Frau, wir hatten unser Lebenswerk bereits vollendet, denn das japanische Auto und die Eigentumswohnung waren abbezahlt - wäre das nächstgrößere Ziel nicht ein größeres Heim? Genau wie bei Nurkkala.

Er ließ die Kupplung kommen, und wir glitten in Richtung Innenstadt. Ich lehnte mich entspannt zurück und streckte Nurkkala die Adresse der Reparaturwerkstatt hin, während ich mich von meinem Abenteuer erholte. Bald war nur noch das einlullende Surren des Lada zu hören. Fünfzehn Jahre hatten in meiner Ehe mit Leena Leidenschaft und Begierde ausgemerzt, und alles (was alles?) beruhte auf gegenseitigem Respekt (Deckname für Die Große Banalität?), wenngleich es auch allmähliche Demenz, Fernsehrauschen, Nudelauflauf und Sorgen über die Zukunft der Söhne in einer Welt voller Sorgen bedeutete. Ich fuhr aus meinen Gedanken auf und verspürte ein Stechen im Knie.

Nurkkala durchquerte Karunkiniemi über die alte, holprige Sandstraße und ließ das Auto aufheulen. Mittlerweile waren bereits Treibstoff, menschliche Energie und Zeit in derartigen Mengen verbraucht worden, daß selbst die Zeitungen anfingen, sich nach neuen Stoffen zu sehnen. Inari Huuhtilas Tod versank am Ende der Liste, von meinem lehmbeschmierten Bild wußte niemand mehr etwas, und seit jenem Abend im Frühherbst waren auch in dieser Stadt hinterhältige Streiche gespielt worden. Banditen und Schelme trieben ihr Unwesen, die Polizei hatte genug zu tun.

Die Lebensmittelkiosktheorie, die Kanerva in seiner Not ausgearbeitet hatte, hinkte genauso gekonnt wie alle anderen Theorien; ich verspürte einen physischen Schmerz, als ich daran dachte, was Raivinkimaa wohl vom

Stapel lassen würde, wenn ihm die Resultate unserer letzten Überprüfung zu Ohren kämen.
„Es ist in dieser Straße."
„Noch nicht. Hör mal, dieser Kanerva hatte mit ein paar Fragen ziemliche Mühe."
Nurkkala rutschte tiefer, um kein Loch ins Dach zu stoßen und erinnerte so daran, auf welchem Tiefstand sich Ansehen und Beliebtheit der Polizei befanden.
„Nur gut, daß ich nicht mitgekommen bin. Das hätte die Aversion dieses alten Knackers nur noch verdoppelt."
Die zur Restitution verurteilten Hütten von Karunkiniemi hingen schlaff wie unschuldige Überbleibsel aus der Vorzeit am Straßenrand und am Hang. Einige davon waren noch bewohnt, und aus der einen oder anderen erhielten wir gelegentlich einen Notruf, um eine Messerstecherei oder eine Schwarzbrennerei stillzulegen. Auf der höchsten, rückenförmigen Erhebung ließ ein Kran Bauelemente wie Weisheitszähne baumeln, und der Himmel hing als graue, tropfende Schleppe über der Stadt.
Die Reparaturwerkstatt war von einem mannshohen Bollwerk eingezäunt. Als wir durch das enge Tor eindrangen, war nicht allzu deutlich, ob es sich um einen Betrieb zum Reparieren oder zum Verschwindenlassen handelte. Ich hatte mich stets zu derartigen Miniaturwelten hingezogen gefühlt. Alles schien wie Kraut und Rüben; die ausgebreiteten Blechschnauzen, der Realismus herumliegenden Gerümpels, ein verrostetes Verkehrsschild und ein Ölkanister, der auf das Dach einer im Zustand des Verfalls befindlichen Wellblechhalle geschleudert worden war - that's all.
Der Typ paßte gut zu seiner Umgebung und wußte nichts von Kanerva, geschweige denn von einem Chrysler, Baujahr achtzig, bei dem die Kupplung Schluckauf hatte.

Er wartete, daß die Ampel umsprang und spähte zu den Hagebuttensträuchern hinüber, in deren Schutz er die Huuhtila überrascht hatte. Die Polizisten waren Idioten; das geregelte Einkommen und ihre Phantasielosigkeit garantierten, daß sie bestenfalls als offizielle Beobachter eines Großwettkampfes in einer Haferflockenfabrik taugten.
Aus dem Auto neben ihm starrte jemand herüber. Er witterte es, so wie man die Anwesenheit eines anderen Menschen in der Wohnung wittert. Der Mann saß in einem japanischen Wagen mit Stufenheck, bohrte in der Nase und glotzte nur. Plötzlich zog sich sein geschäftiger Finger zurück und gab das ganze Gesicht frei; für eine Sekunde zuckte ein Lächeln um den Mund, und die Ampel sprang um. Nur der kurze Blick, das Nasenbohren oder das Lächeln, aber er spürte bereits überdeutlich, daß dieses Gesicht zu dem selben gewöhnlichen Typen gehörte, den er in Inari Huuhtilas Kleiderladen gesehen hatte.
Er wechselte hinter dem Mann die Spur, prägte sich die Autonummer ein und folgte ihm bis zu dem Großhandelsparkplatz, wo der Mann stehenblieb. Hatte er mit seinem Lächeln ein Wiedererkennen zum Ausdruck gebracht - Wiedererkennen und mehr? Er war nicht nur gewöhnlich, er war außerordentlich gewöhnlich, und was zum Teufel trieb er sich zu dieser Zeit am Morgen auf der Ausfallstraße von Korpela herum?
Ein alltäglicher, unbedeutender Winzling. Neben dem waren selbst Glan oder Varvikko fesselnde Persönlichkeiten, neben dem war der Klon seiner verstorbenen Frau eine Grazie. Es hätte nicht viel gefehlt, und die Ausmaße seiner Gewöhnlichkeit hätten den Mann ungewöhnlich gemacht. Es war seine eigene Entscheidung, zu lächeln!
Und jetzt stieg dieser aus Knochen, Muskeln und Sehnen zusammengesetzte, eindimensionale, selbstgefällige Kerl mit

einer Aktentasche in der Hand und einem rotzfarbenen „Klassiker“ aus der Konfektionsindustrie über den Schultern die zwei niedrigen Stufen zu seinem erbärmlichen Büro hinauf. Er hatte schon einen irgendwie ängstlichen Schritt; ängstlich, heuchlerisch und duckmäuserisch, und dennoch bildete sich dieser Satan ein, überheblich lächeln zu müssen.
Er stieg aus und ging zu dem Wagen des Mannes. Parkscheibe, Kassetten, hellrote Fellwürfel, Münzröhrchen, Block - hohohoo! Schon aufgrund dieser Gegenstände konnte man sich ein einwandfreies Bild von der Gedankenwelt des Mannes machen, sofern man in diesem Zusammenhang ein solch kostbares Wort verwenden wollte. Der bildete sich wohl ein, in Sicherheit vor der bösen Welt zu leben. Garantiert repräsentierte das mit Wildleder polierte Auto Würde für diesen Typen, Die Großen Werte des Lebens. Er suchte aus seinem Schlüsselbund die Nagelfeile heraus und zog damit eine gemein knirschende, anderthalb Meter lange Schramme in den roten Lack.
Am Samstag darauf folgte er dem Mann und dessen wachsgesichtiger Frau zu einem Supermarkt am Stadtrand. Kinder hatten sie keine, und was hier bevorstand, war der Höhepunkt des Wochenendes: Einkaufen im Einkaufsparadies.
In seinem Anorak und seinen Jeans hatte es sich der Mann „bequem gemacht“; an seinem Gesicht konnte man ablesen, daß er es sich bereits seit langem verstandesmäßig bequem gemacht hatte. Der zusammengekniffene, schmale, grauenhafte Mund und die tief aus den Höhlen lugenden Augen verrieten eine Anämie der Gehirnfunktion. Was für eine Verschwendung!
„Weichling“, sagte er ganz nebenbei, während er sich neben dem Mann über dieselbe Gefriertruhe beugte, aber die-

ser hörte ihn nicht, sondern belud nach und nach seinen knarrenden Einkaufswagen mit plastikverschweißtem Hackfleisch, fetter Milch, Grillwürsten, karelischen Piroggen, womit er die gesamten Errungenschaften der Ernährungswissenschaften verhöhnte. Zu Hause würde er zusammen mit seiner Alten alles in denselben Topf hauen, und sie würden mit der Kelle in der Hand so über der Pampe hängen, daß der Dampf ihnen die Visagen verbrennt.

Das verbissene Profil des Mannes verzog sich wie Gummi, nachdem der neben der automatischen Tür festgeschraubte Bajazzo auch die letzte Münze geschluckt hatte, ohne einen Gewinn herzugeben, und dahinter stopfte sich die Frau eine extralange Tafel Reisschokolade in die Vertiefung zwischen ihren Backen. Nur um ihn zu ärgern, drängte er sich vor den Mann und gewann dreißig Mark. Aus der Ballkiste waren Weinen und Lachen zu hören. Der Mann starrte ihn an, aber das war ja auch die Absicht.

Auf dem Parkplatz zog er das Fernglas aus dem Handschuhfach und verfolgte, wie der Mann die Einkäufe in den praktischen braunen Pappkarton im Kofferraum umlud. Die Schramme im Blech war nicht überpinselt worden, wie lange er wohl sein Trauma ertragen würde? Das vom Schokoladeessen schlaff gewordene Gesicht der Frau verriet Neid darüber, daß es so vielen besser ging als ihnen, und daß so viele schlicht und einfach ein eleganteres Auto hatten als sie. Auf ihren Baumstumpfbeinen kreuzten sich die Krampfadern, die Hand löste sich vom Schokoladenpapier und überließ es dem Wind.

Beide waren dabei, in die ausmergelnden Jahre des letzten Lebensquartals hinüberzugleiten, und für beide gab es nicht den geringsten Daseinsgrund, sah man einmal davon ab, daß sie durch das allwöchentliche Ausfüllen eines Spielscheins die Lottogesellschaft unterstützten.

„Weichlinge“, sagte er und schob das Fernglas zurück ins Handschuhfach.

Am nächsten Morgen, gleich nachdem er der Polizei Inari Huuhtilas Eigentum geschickt hatte, fuhr er zum Haus des Mannes in einer nahegelegenen Seitenstraße und begann, den Eingang zu überwachen. In sich trug er die unauslöschliche Spur des Lächelns, das sich der andere gemeint hatte erlauben zu können. Von hier aus waren es zu Fuß nicht mehr als fünf oder zehn Minuten bis zum Fußballplatz. Der Herbst war düster, und es war nicht auf eine so satte, lodernde Farbenpracht zu hoffen, wie in der Landschaft von seiner Frau und Wolf. Er spähte nach dem Fenster zwischen den beiden Balkonen im zweiten Stock und grinste über den Namen des Mannes, den er kürzlich herausgefunden hatte: Välinen. Trank er in diesem Augenblick vielleicht aus seiner Sonntagstasse, oder las er die Wettergebnisse?

Die Verlassenheit dieses Straßenabschnitts war verwandt mit der Ruhe und der Leere, die er im Frühjahr erlebt hatte, als er mit Skiern auf dem Eis unterwegs war. Er massierte sich die Stirn, Välinens lange nachwirkendes Lächeln brannte in seinem Kopf. Lag dieser Taugenichts in seinem kindischen Streifenpyjama noch im Bett, oder stand er womöglich auf, um Kaffee zu brauen, in seinen grauenhaften Altersheimpantoffeln, bei denen die Gummisohlen aus dem Leim gingen, und die, wenn er über den Korkboden schlurfte, das einzige Geräusch verursachten, das der Mann zu produzieren imstande war? Und Välinens Alte konnte das Schlurfen ebenso wenig ertragen wie das dünne Knistern der Zeitung. Deswegen streckte sie sich wahrscheinlich nach den Schmerztabletten in der Nachttischschublade und wünschte ihrem Mann den Tod. Scheiß Välinens!

Um halb neun stieg er aus dem Wagen und rief aus einer

nahen Telefonzelle bei Välinens an. Eine Ewigkeit verging, bis der Mann den Hörer abnahm. Er sagte ein „Hallo?“, das in seiner Blödheit nur von einem „ja?“ überboten wurde. Er ließ Välinen sein Hallo wiederholen und preßte den Hörer zwischen den Fingern, ohne zu begreifen, warum der Schöpfer den Mann mit der Stimme einer im Straßengraben aufweichenden Pappröhre ausgestattet hatte. Vielleicht einfach deswegen, weil der Mann auch in seinem Aussehen viel von etwas im Straßengraben vor sich hin Weichendem hatte.

„Geh zum Teufel, Välinen!“

„Hallo, was?“

Er brach das fruchtlose Gespräch ab und bereute seinen Gruß; da wäre es sogar besser gewesen, die Zeitansage abzuhören.

Zwanzig Minuten verstrichen. Plötzlich trat Välinen mit einem Nachbarn vor das Haus. Er beobachtete beide mit dem Fernglas und zerbiß einen Mentholbonbon. Välinen trug einen Thermoanzug und große Gummistiefel. Er trennte sich von dem Nachbarn, verschwand in der Garage und kam routiniert rückwärts herausgefahren. Seit dem Ausflug zum Supermarkt war das Auto gewaschen und gewachst, aber die Schramme blitzte boshaft im scharfen Sonnenlicht auf. Nachdem er das Garagentor geschlossen hatte, strich Välinen über das rote Blech, untersuchte die Schramme und hauchte auf irgendeine Stelle, um dann mit dem Ärmel darüberzureiben.

Seine Frau war nirgendwo zu sehen, nicht einmal winkend am Fenster. Selbstverständlich kippte sie sich jetzt einen dritten Löffel Zucker in die Tasse und schickte sich an, eine zentimeterdicke Butterschicht auf ihre karelische Pirogge zu schmieren. Und vielleicht hatte sie zuvor den Verstopfungsschlamm am Waschbeckenrand um die Hälfte reduziert, sich dabei selbst im Spiegel zusehend, ohne auch nur annähernd zu kapieren, wie ihr Mann eine derart nach Aas duftende Toilette hinterlassen konnte. Und mit Sicherheit ohne zu kapieren, daß sie ihren Mann nie wiedersehen würde.

Välinen ließ die wohnlichen, einander überschneidenden Straßenzüge Korpelas hinter sich und brauste bald auf die Schnellstraße. Auf der Höhe von Huuhtilas Sterbeort gab er Välinen einen ordentlichen Vorsprung, lächelte dem roten Japsenauto und dann sich selbst im Rückspiegel zu und fühlte seine Kraft.

Es war mühsam, nur mit Hilfe der Beobachtungen, die man gesammelt hatte, einem anderen gedanklich auf die Pelle zu rücken. Besonders mühsam war es bei Välinen. Der Kerl mußte über ein sich selbst amputierendes Gehirn verfügen, oder besser, über ein sich selbst amputierendes Gehirn, dessen schlecht funktionierende Überbleibsel ihm befahlen, zu lächeln, wie es gerade kommt.

Der Wind regte sich in den Wipfeln der Kiefern und trieb ein paar Wolkenfetzen vorbei; sonst war es kühl und klar. Dort, wo es vorgeschrieben war, fuhr Välinen gehorsam achtzig und fiel sofort auf sechzig zurück, als das entsprechende Signal hinter einer Kurve auftauchte. Der hatte vielleicht schon wer weiß wie lange in den Laden der Huuhtila hineingeschaut und das Messer bemerkt, das er bereitgehalten hatte, als sich die Frau vor das Regal beugte. Womöglich schmiedete der Kerl in seinem Gehirn irgendwelche schlauen Erpresserpläne, und wenn der Plan dann fertig war, würde er zuschlagen. Zuvor mußte so getan werden, als sei nichts geschehen. Immerhin war er vor dem Bajazzo im Supermarkt sichtlich zusammengezuckt, und jetzt genoß er den Sonntagsfrieden, während er an den schwarzen Ästen der Birkenreihen vorbeisauste, über sich einen

stahlblauen, für den Winter bereiten Himmel.
Der Blickwechsel an der Ampel hatte Välinen verraten. Er war tatsächlich von so schwachem Menschenmaterial, daß er seine Gesichtszüge nicht im Zaum halten konnte. Und nun war es zu spät.
Das Auto bog in einen Seitenweg ein. Er verlangsamte das Tempo, fuhr vorbei und bog nach einem Felsdurchbruch in den nächsten Seitenweg, der in dieselbe Richtung wie Välinens führte, und von dem es eine Fußwegverbindung dorthin geben mußte. Und wenn nicht, konnte er immer noch auf Välinens Route zurückkehren.
In dem felsigen Gelände hatten sich Mehrzweckmaschinen ausgetobt, was übrig geblieben war, hatten Lastwagen mit breiten Reifen ramponiert. Er ließ das Auto an einer Verbreiterung stehen, die von einer aus der Erde gerissenen Kiefer und einem bemoosten Felsbrocken abgeschirmt wurde. Die Luft duftete frisch. Welch ein Glück, daß alles so gekommen war, und daß die Qual des Wartens nun ein Ende zu haben schien.
Der Nachtfrost hatte die Erdhügel mit spitzenartigem Reif verziert, der auf den Fingerkuppen ins Unsichtbare verschmolz. Irgendwo in der Ferne hackte jemand Holz.
Välinens niedliches Auto stand mit verdeckter Schrammenseite auf einer gekiesten Fläche am Wegrand. Die Tür war nicht abgeschlossen. Er glitt hinter das Lenkrad, blätterte die Kassetten durch, warf die Fellwürfel in seine Tasche und schlitzte mit dem Stilett den Beifahrersitz auf. Jetzt war es an der Zeit, das Wochenendhaus eines gewöhnlichen Mannes in Augenschein zu nehmen.
Das Grundstück war von einem Stummelzaun umgeben, der nicht höher war als ein Stiefelschaft und schon bei leichter Berührung ins Wanken geriet. Ein halbverrotteter Zaun. Auf dem Abort war an einer Entleerungsklappe das Schar-

nier lose, da und dort war noch Reif zu sehen, gerade so als hätte jemand sein feines, weißes Hemd zerrissen. Välinen hatte das Krachen des Zauns gehört, aber weil er das Geräusch nicht orten konnte, setzte er seine Arbeit fort. Er trug Fäustlinge und klopfte mit einem Vorschlaghammer auf schwarze Blechteile. Obwohl die Schläge schwer schepperten, waren sie ungeübt und zögerlich. Ein zweites, etwas stärkeres Zaunschwanken, und Välinen hätte sich ans Knie geschlagen.

Die Wände des mintgrünen Bretterhauses waren unter der Witterung verblaßt, der Gesamteindruck war vernachlässigt und abgetragen. Der Mann hatte die Sommerschaukel unter dem Vordach des Schuppens verstaut und das Untergestell draußen gelassen. Hatten sie ihre Sommerabende in der Schaukel, mit dem Lauschen auf das Quietschen der Ketten vergeudet?

Välinen hielt mit einem Hieb auf halbem Weg inne. Nachdem er das Blechstück einen Moment begutachtet hatte, warf er es in Richtung Schaukel. Er stopfte die Fäustlinge in die Gesäßtasche, trug den Vorschlaghammer unter das Vordach und fing an, das Grundstück genauso unsystematisch zu jäten, wie er zuvor die Bleche verbeult hatte. So werkelte er bestimmt auch bei seiner Arbeit im Großhandel herum, wenn er nicht gerade sein winziges, ätzendes Lächeln in der Umgebung aufblinken ließ. Keine Entschlußkraft, kein Schwung, keine Inspiration - höchstens ein flauer Haß auf den Zufall, der ihn zum Leben in die Welt geworfen hatte.

Während er Välinens freien Tag erforschte, spürte er zusehends, daß er hier die Menschheit in Kleinformat vor sich hatte. Die zivilisierte, westliche Wohlstandsgesellschaft, wie sie mit allen möglichen Beschäftigungen herumstümperte, ohne eine einzige rechtschaffene Absicht; und über allem

der kühle Himmel im kalten Licht.
Aus Välinens Mund stieg dünner Dampf auf, als er mit den unterwürfigen Schritten eines Büromurmeltiers auf die Veranda polterte, nachdem er keinen Appetit mehr aufs Harken hatte. Natürlich bestand auch die Möglichkeit, daß der Mann auf der Flucht vor seiner Frau war und es für gleichgültig hielt, womit er sich abrackerte.
Er stieg über den Zaun auf das Grundstück. Auf der Vorderseite des Schuppens zerblies der Wind einen Blätterhaufen. Hätte er wenigstens ein Blech zum Beschweren drübergelegt. Blödmann Välinen!
Välinen stand als regungslose, undeutliche Gestalt am Fenster, und er ließ ihn absichtlich lange glotzen, bevor er die Hand hob. Bald kam er auch schon heraus und lehnte sich über das Verandageländer, in der Hand eine Blechschere und ein Maßband. Über sein Gesicht huschten offener Argwohn und die Enttäuschung darüber, daß es jemand gewagt hatte, einen Fuß auf sein heiliges Revier zu setzen.
„Guten Morgen!"
„Morgen."
„Ich will wirklich nicht stören, aber ich bin dort drüben den Forstweg reingefahren, weil ich jemanden treffen sollte. Von dem ist aber weit und breit nichts zu sehen, und da dachte ich, ich komme hier her, weil ich Geräusche gehört habe. Sie haben nicht zufällig einen Fiat Uno gesehen?"
„Nein."
Er verstand also immerhin, wenn man ihm etwas sagte, obwohl die Vielschichtigkeit der Antwort noch zu wünschen übrig ließ. Välinen hob ein Bein über das Geländer, hievte sich hinunter und sagte, daß er erst vor kurzem gekommen sei. Autos hatte er keine gesehen und auch kein Motorengeräusch gehört.
„Seltsam. Wissen Sie, ich wollte hier ein Grundstücksge-

schäft klarmachen. Habe ich da die richtige Wegbeschreibung bekommen?"
„Was für eine Wegbeschreibung?"
Er sagte es. Välinen ging mit wenigen Schritten Abstand an ihm vorbei ohne ihn anzusehen, um ein Blech zu holen, das er übel zugerichtet hatte, und fing an, es auszumessen. Die Maßbandrolle knurrte angenehm. Er drehte die graue Seite des Stücks nach oben und zog mit dem Zimmermannsbleistift einen energischen Strich. Das Blech war ungefähr einen Quadratmeter groß, Välinen stützte ein Knie auf, dann setzte er die Scherenkiefern am Strich an.
„Wird das ein Funkenblech?"
„Mhhhmm ..."
Er stellte seine Tasche ab und hielt das Blech fest, damit sich Välinen auf das Schneiden konzentrieren konnte. Die trockene Büroluft hatte dessen Haut porös werden lassen wie bei einer Echse. Er drückte mit all seiner Kraft auf das Blech und fühlte seine Brust vor urwüchsigem Glück anschwellen, das zusätzlich gewürzt wurde von der Ungeschicklichkeit des sich neben ihm abrackernden Pfuschers.
„Gibt es hier denn überhaupt Grundstücke, die verkauft werden?"
„So weit ich weiß nicht."
„Wie lange haben Sie diesen Platz hier schon?"
„Sechsundsechzig sind wir hergekommen. Meine Frau und ich."
Välinen war ebenso verärgert über seine Anwesenheit wie über das launische Blech, aber er hatte selbstverständlich nicht den Mumm, ihn fort zu komplementieren. In seiner Verärgerung machte er eine ungeschickte Bewegung, das Blechstück schwang hoch, und die nach oben gebogene Randzunge schnitt ihm in das nackte Handgelenk zwischen Handschuh und Ärmel. Der Schmerz war nichts im Ver-

gleich zu Välinens Miene, die sich verzog und bleich wurde, als wäre ihm eine Handvoll Kalk ins Gesicht geworfen worden. Krachend fiel das Blech vom Klotz, aus der Wunde dicht neben der Schlagader spritzte das Blut.
„Ach du lieber Himmel! Tut's weh?"
Välinen hielt mit Mühe die Blechschere in beiden Händen und glotzte auf die Wunde. Auf dem Schuppendach lachte eine Elster. Välinens Gesicht, das nur zu einigen wenigen primitiven Gefühlsäußerungen imstande war, erstarrte. Der Mann rührte sich weder vorwärts noch rückwärts.
„Ich habe ein Handtuch in der Tasche. Reißen Sie es in Streifen, die Schlagader ist nicht durchgeschnitten!"
Die aus dem Auto gestohlenen Fellwürfel rollten zwischen Sägemehl, durchweichte Späne und modernde Birkenblätter. Als letztes fiel das Stilett aus der Tasche.
„Nehmen Sie das Messer ... dort neben ihren Füßen!"
„Die Erstehilfetasche habe ich in der Garage liegenlassen."
„Wir werden damit schon fertig, Välinen."
Välinen hob den Kopf, anstelle eines Schrecks stieg ein Schimmer von Argwohn und Erstaunen auf.
„Woher wissen Sie meinen Namen?"
Die Wunde befand sich an der rechten Hand, und er ließ einen Tropfen Blut auf den Knöchel seiner linken Hand tropfen, um ihn von dort aufzusaugen. Välinens geistige Kulisse war völlig durcheinander, vielleicht war sie schon durch das morgendliche Telefongespräch durcheinander geraten.
„Ihr Name steht doch im Auto. In der Mitte ... ich habe aus Neugier mal einen Blick reingeworfen."
Jetzt starrte Välinen auf die besudelten Fellwürfel, sagte aber nichts. Die Elster war auf das Schaukelgestell gehüpft und wippte dort mit dem Schwanz. Välinen wickelte ein Stück Stoff um sein Handgelenk, brachte mit Müh und Not

einen altertümlichen Knoten zustande und bat ihn ins Haus, bis sich der schlimmste Schmerz beruhigt hätte.

„Ich finde mich schon zurecht."

„Ich meine, wenn Sie es nicht eilig haben mit der Grundstücksbesichtigung. Ich bin also Välinen."

„Lehtinen."

Välinen streckte die Hand aus, bemerkte erst dann, daß ein Händeschütteln nicht glücken würde und versuchte zu lächeln. Er bückte sich, um den Inhalt der Tasche zusammenzuklauben.

An einer Zimmerwand hing das Gemälde eines Amateurmalers, das vermutlich den Hausherrn darstellen sollte. Ansonsten hatte man sich entweder mit dem Nötigsten begnügt, oder aber das Haus war winterfest gemacht worden. Am einen Ende des kargen Tisches lagen eine Packung Zukker und Teebeutel. Välinen fing an, Lattenholz in die Herdöffnung zu schichten.

„Blutet es noch? Ich kann Sie in die Stadt fahren."

„Ist nicht nötig, ich bin ja selber schuld. Und Ihnen wird der ganze Tag verdorben, und das am Wochenende. Ist das ein Wochenendhausgrundstück?"

„Was?"

„Na, das, was Sie sich anschauen wollten."

„Ja. Das nächste Mal muß ich sehen, daß ich gleich den richtigen Weg nehme."

„Meine Frau und ich, wir haben uns hier immer wohlgefühlt, obwohl es viel zu renovieren gäbe. Meine Frau kommt nur im Sommer, sie hat etwas schlechte Beine."

Die Ofenringe stießen einen bläulichen Rauch aus, der Välinens Gestalt wie eine Zauberwolke umgab. Natürlich fing er an zu husten, und erst nach vielem Geächze brachte er den Herd zum Ziehen. Er verwünschte Välinens Wunde und fragte ihn, ob er etwas gegen eine Zigarette hätte.

„Es ist ja sowieso schon alles voller Rauch."
„Die Aufenthalte auf dem Land bilden wohl so etwas wie ein Gegengewicht zum Alltag und zum Leben in der Stadt?"
„Warum auch nicht."
Plötzlich blieb Välinen mitten im Raum stehen, stemmte die Hände in die Hüften und sah ihn an.
„Habe ich dich nicht schon einmal irgendwo gesehn?"
Er blies den Qualm aus den Lungen und zuckte mit den Schultern.
„So etwas ist immer möglich. Du könntest mir einen Gefallen tun, und mir dort aus der Seitentasche den Flachmann geben. Ich glaube, hier handelt es sich um einen Notfall."
„Aus der hier?"
Välinen hatte sich vor seinen Beinen gebückt. Die Finger fischten in der leeren Seitentasche. Er drehte sich um und sah ihn fragend an und noch viel fragender die mit einem Stoffstreifen umwickelte Hand, die das Stilett umschlossen hielt. Seine Augen drehten sich widerwillig in ihren Höhlen, als die Klinge in seinen Bauch drang.
„Na klar, hast du mich sofort erkannt, du Miststück, oder nicht?!"

Schulen wecken in mir unangenehme, wenn nicht angstvolle Erinnerungen, mit ihren nach Hackfleischsoße riechenden Korridoren, ihren schlagenden Türen und mit ihren Schatten, die in der Vitrine des Biosaals einen glotzenden Bartkauz oder einen Streit suchenden Knochenkopf aus der Nachbarklasse verbargen. Und für Kuntsi eine Vier plus in der ersten Schwedischarbeit; weiß Kuntsi nicht, daß man für die Turnstunde Turnhosen braucht?

Das alles versuchte ich Leena zu erklären, die sich nach ihrem Arbeitstag auf dem Sofa ausgestreckt hatte und mich an Masas Elternabend erinnerte. Der Zettel lag auf dem Fernseher, der Beginn der Veranstaltung war in einer halben Stunde.

„Du könntest auch mal zeigen, daß du dich für die Angelegenheiten deiner Kinder interessierst."

„Das hab' ich schon oft genug. Was macht man dort überhaupt?"

„Du gehst hin und setzt dich dazu."

„Wohin?"

„Ein erwachsener Mann und noch Polizist dazu! Setz dich von mir aus auf den Schoß der Lehrerin. Und hör zu, was sie sagt."

„Willst nicht doch lieber du ..."

„Dann geht eben keiner von uns, aber du bringst das Masa bei!"

Die mit Hagelzucker aufgepeppten Gebäckstücke waren auf dem Tablett zu einem goldbraunen Haufen angeordnet worden; das Klappern der Tassen und die Feststellung, daß ich der einzige Vater war, der sich hierher verlaufen hatte, veranlaßten mich, Leena innerlich ein paar ausgesuchte Formulierungen zukommen zu lassen. Aber was war eigentlich dabei, daß ich der einzige Vater war?

Was war ferner dabei, daß ich als einziger meinen Kuchen

auf den Boden fallen ließ, noch bevor Masas Lehrerin uns in aller Form willkommen heißen konnte? Das Gebäckstück hüpfte unter das Pult, und als ich mich bückte, um es mit klammen Fingern aufzupicken, fiel mein Blick auf Beine, die von schwarzen, durchsichtigen Strumpfhosen verhüllt wurden.

„Entschuldigung."

Die Frau hätte zutreten können. Ihr Mund bog sich zu einem eisigen, verächtlichen Lächeln. Ich sammelte die Überreste meines Stolzes zusammen, zog mich auf Masas Stuhl zurück und biß in den Hefebrocken. Zwischen meinen Zähnen knirschte der Sand. Masas Lehrerin sagte, sie freue sich, uns so zahlreich hier versammelt zu sehen. Ihr Gesichtsausdruck befand sich nicht so recht im Einklang mit ihren Worten, oder aber ich interpretierte ihn falsch. Angeblich war das Schuljahr bis jetzt gut verlaufen. Ich betrachtete die um mich herum sitzenden Frauen, vermutlich kehrten sie alle um Jahrzehnte in ihre Kindheit zurück und sahen deshalb so tiefsinnig und ernst aus. Ich konnte Masas Lehrerin genauso schlecht zuhören wie meiner eigenen, niemand sagte etwas, und ab und an vernahmen meine Ohren das einschläfernde Rauschen der Heizung, oder meine Nase erhaschte den Duft des feuchten Tafelschwamms.

Ich warf einen Blick in Masas Pult. Das Durcheinander glich in anrührender Weise demjenigen im heimischen Kinderzimmer. Auf dem Umschlag eines blauen, länglichen Heftes stand „Aufsatzheft". „Unsere Familie. In unserer Familje bin ich, mein groser Bruder, Papa und ~~Mutt~~ Mama. Wir gucken Fernsen und Papa und Mama sind still aber nicht wenn sie sich straiten. Dann gehe ich und Peetu zum Fernseher und wir spilen oder straiten uns damit Papa und Mama sehn wie doof es ist wenn man sich wegen Kleinikeiten straitet. Wir spilen Schaffner und Peetu kann aus Lego ei-

nen Galgen bauen. Manchmal spilt er nicht. Dann list er ektschen fors. Papa ist Polizist. Er untersucht wer Verbrechen macht aber er krigt nicht raus wer sie macht. Mama arbeitet in der Laborbiologie. Mama ist frölicher als Papa aber beide geben Taschengeld und im Sommer spilen wir Fusball und im Winter Eishokke. Papa ist im Tor und läßt absichtlich durch damit ich nicht sauer werde.
Masa Kuntsi"

Unter der Geschichte prangte ein grüner Hasenstempel. Außer Masas krummen Unterstreichungen waren die Rechtschreibfehler rot angestrichen. Die gab es reichlich. Ich trank den Rest meines Kaffees und schaute auf die Frau, deren Beine ich mit meiner Wange gestreift hatte. Ihr Lächeln hatte sich kein bißchen verändert. Was wäre das für ein Spaß gewesen, auf ihre geröteten Wangen einen Hasenstempel zu drücken.

„... man kann das selbstverständlich nicht verallgemeinern, aber bevor ruhig gearbeitet werden konnte, mußten ziemlich große Verhandlungen geführt werden. Je mehr Sie am Schulalltag Ihrer Kinder interessiert sind, desto besser, was natürlich nicht heißt, daß Sie sich immer zum Kontrollieren der Hausaufgaben aufdrängen müssen. Sie werden schon ein Gefühl dafür entwickeln, wann Hilfe vonnöten ist."

Masas Lehrerin wechselte vom Katheder zur Fensterwand. Zwischen den Fenstern war die Wand mit Buntstiftzeichnungen tapeziert. Masas Mutantenschildkröte fuchtelte mit ihrem Säbel über der feinfühlig gemalten Blumenwiese einer gewissen Kirsi-Marja herum. Möglicherweise landete sie gerade, um sich auf der Wiese auszutoben. Die Sonne lächelte. Möglicherweise wußte ich zu wenig über mein Kind.

„Und wenn irgend jemand von Ihnen etwas die Schule Betreffendes in den Sinn kommen sollte, dann rufen Sie mich an. Hier oder zu Hause. Das ist ein und dasselbe."

Bevor ich mich versah, war alles vorbei. In den Stunden bei Raivinkimaa hatte ich immerhin etwas gelernt: Geduld und die Fähigkeit, sich für einen Moment zu verabschieden, was allerdings auch zeigte, daß ich am Schulalltag meines Sohnes nicht interessiert war. Ich zwängte mich hinter dem Pult hervor und sagte mir, daß ich durchaus am Schulalltag meines Sohnes interessiert war, aber nicht daran, in der Schule daran interessiert zu sein, weil Schulen unangenehme, wenn nicht angstvolle Erinnerungen in mir wecken. Und jeder von uns schleppt seine Kindheit mit sich herum.

Auf dem Gang tippte ich der Lehrerin auf die Schulter und teilte ihr mit, eher ein stiller Schüler gewesen zu sein.

„Also, wenn es manchmal wegen der Arbeit ein bißchen später wird, dann bleibt für die Kinder ein bißchen zu wenig Aufmerksamkeit. Hin und wieder. Aber Masa ... also ... der kommt damit schon zurecht."

Sie lächelte mich an. Hinter ihrer Schulter schwenkte der Mutant seinen Säbel zwischen den Fenstern.

„Ich werde mich schon melden, wenn irgend etwas sein sollte. Viel Phantasie hat Masa ja."

„Ja, das hat er."

„Vorletzte Woche hat er uns in der Handarbeitsklasse eingeschlossen."

Innerhalb von anderthalb Stunden war die Erde weiß geworden. Es schneite in dicken Flocken. Ich schlug den Kragen bis über die Ohren hoch und wandte mich in Richtung Innenstadt; auf die entsprechende Route wiesen Autos mit Sommerreifen hin, die in Zwerghügeln steckengeblieben waren. Auf der Kreuzung am alten Hochhaus hatte es einen Unfall gegeben, ein Scheinwerfer des beteiligten Busses hing an den Kabeln heraus. Es standen nur wenige Neugierige herum, denn niemand war verletzt worden, aber umso hartnäckiger blieben sie auf ihrem Posten, mit albernen Schneehäufchen auf den Schultern. Die Stimmung war emsig - neugierig und emsig. An einem Laternenmast über ihnen hing eine Reklame, auf der sich eine Schöne am Sandstrand räkelte und schelmisch gelbe Limonade schlürfte. Auf dem Bauch der Frau hatte sich eine trübselige Schneeschicht abgelagert.

Nurkkala lehnte in der Düsternis einer Stehkneipe in seinem eigenen Schatten und kratzte mit dem Daumennagel auf einem Sonderlos herum, dessen Schuppen sich um das Bierglas herum verteilt hatten.

„Geh nach Hause, du Säufer!" sagte ich.

Mit zusammengekniffenen Augen fixierte er das Los. Der Augenblick der Wahrheit kam und ging, das Los zerriß zwischen seinen Fingern in vier gleichgroße Stückchen. Nurkkalas Stirn polterte gegen die Lampe, deren Schaukelbewegung mich zu einer kontrollierten Ausweichbewegung zwang. Das Licht wischte über unseren Tisch; wie unendlich weit waren wir doch von den lockeren Westcoast-Polizisten entfernt, von jenen auf dem Bildschirm herumwitzelnden Gebißathleten! Ich und Aapeli Nurkkala, wir repräsentierten den Stamm der Langen Unterhosen; Lakonie war für uns ein Lebensprinzip, und gelegentlich gelang es uns, den Gedanken an den nahen Tod zu verscheuchen, indem wir einen halben Meter rohe Fleischwurst verspeisten. Ich löste meinen Blick von Roy Scheider, der mit einer Achtunddreißiger auf die Sprungbrettseite eines Schwimmbeckens feuerte.

Gegen zwölf war Nurkkala betrunken. Er klärte mich über seine momentane Lebenssituation auf: Das Geld war nach wie vor knapp, und mit Streit war morgens wie abends zu rechnen.

„Rate mal, wann wir zuletzt zusammen im Bett waren!"
„Na, zur Mondwende."
„Woher weißt du das?"
„Was hat man denn sonst als Maßstab, wenn nicht die eigene Situation?"
„Himmelhoch jauchzend, zu Tode betrübt."
„Kauf dir einen Satz Fünfhundertwattlampen für den Nachttisch. Das ist gut gegen Winterdepressionen. Wenn du sie morgens anmachst."
„Dann geht mit der Depression auch die Sehkraft weg."
„Warum hat der uns den Lippenstift und das geschickt?"
„Will geschnappt werden."
„Nein, weil er ein großer Mensch ist. Groß und ein Genie, größer als wir. Oh Scheiße, mein Schornstein!"
Nurkkala breitete die Arme zu einer Art Rotor aus, der ihn zwar nicht abheben ließ, aber die Lampe diesmal so erwischte, daß sie ausging. Nun hatten wir gegen unsere Depressionen nicht einmal mehr zehn Watt. Nurkkala hörte nicht auf meine Beschwichtigungen, sondern plärrte, gemessen an seinem Dienstgrad, in völlig unangemessener Manier. Möglich ist allerdings auch, daß das Geplärr seinem Dienstgrad absolut entsprach. Einige aneinandergelehnte Alki-Paare warfen uns gelangweilte Blicke zu; der Mann hinter dem Tresen bemühte sich hinter seinem Altar hervor, um uns zu beruhigen und wollte darauf hinweisen, daß wir uns nach nur einer halben Minute weiterer solcher Elemente aus dem Kürprogramm auf der Straße wiederfinden würden.
Ich zerbiß einen nach Schnaps schmeckenden Eiswürfel und schickte mich an, Nurkkala nach draußen zu schleifen. Dort tobte er im Schnee herum wie ein Kind und schmetterte einen klatschenden Volltreffer auf die Blechfassade des gegenüberliegenden Eisenwarenladens. Dann legte er mir sei-

ne Hand in den Nacken.
„Wir haben dem Schuldigen schon in die Visage gesehn. Dem, der die Huuhtila mit Kaltfurzpulver gefüttert hat. Aber wir kommen nicht dahinter, wer es ist. Oder hör mal, ich weiß es."
„Hast du vielleicht sogar eine Liste mit drei oder fünf Namen parat?"
Nurkkala rülpste, während er den Samthimmel über der Stadt anstarrte. Einen Moment lang sagte er nichts. Mit flackerndem Dachscheinwerfer jagten die ersten Schneepflüge vorbei.
Wir hatten ohne Resultat Kanervas Auto untersucht, das am Ende doch in Reparatur war. Der Mann hatte sich dafür entschuldigt, uns eine falsche Adresse genannt zu haben. Als Grund gab er an, daß er wegen meines Besuchs nervös gewesen war, und daß er auch mit der genannten Werkstatt Geschäftsverbindungen hatte, wenn auch nicht in letzter Zeit. Ich sah, daß Kanerva die falsche Adresse kein bißchen bedauerte und riet ihm dementsprechend, beim nächsten Mal in der Gegenwart der Polizei nicht nervös zu werden. Schließlich halten wir uns nur an unsere altbewährten Methoden und helfen wo es geht; und wer uns hilft, dem winkt das dauerhafte Glück. Ich mußte Kanerva einfach mit gleicher Münze zurückzahlen.
„In dem Moment, wo ich dir eine Liste nenne, steht darauf nicht mehr als ein einziger Name."
„Ist das dein Bus?"
„Fehlt dir dieses Kitzeln denn total?"
„Wieso?"
„Na, die Mimik von dem Kerl, die ganze Fresse, nein, das Gesicht und jede Handbewegung schreien seine Schuld heraus, alles, meinetwegen die Art, wie er den Kühlschrank aufmacht und die Milch rausholt. Wir müßten einfach das

ganze scheiß Korpela noch einmal abklappern. Dort finden wir ihn."
Er nahm die Hand von meinem Nacken und sah mich betrunken und traurig an. Auf seinem Anorak verliefen rechts und links vom Reißverschluß Flecken von geschmolzenem Schnee, der Kollege atmete schwer. Ich wußte nicht, was Nurkkalas Gesichtsausdruck und seine Bewegungen herausschrien: Leiden, Resignation, einen Zweipromillerausch angesichts der Vielgestaltigkeit des Lebens?
„Und?"
„Hä?"
„Ist das dein Bus?"
„Ja."
„Er fährt ab."
„Das seh ich."
Im selben Moment, in dem er mit seiner behandschuhten Hand dem Busfahrer winkte, rutschte ein Bein unter Nurkkala weg. Er fiel auf die Knie, zum Gebet. Würdevoll und lautlos glitt der leere Bus an uns vorüber, an der Seite klebte eine Reklame für die Premiere von „Aus dem Leben eines Taugenichts". Ich wollte Nurkkala helfen, aber er stand geschickt auf und erklärte, er könne die fünf Kilometer leicht zu Fuß gehen. Dabei würde er auch wieder einen klaren Kopf bekommen.
„Findest du den Weg?"
„Denk dran, auf der Liste wird nur ein Name stehen!"
Mit den Händen in den Taschen und seiner altmodischen Kappe auf dem Hinterkopf schwankte er auf die Markthalle zu. Auf halbem Weg drehte er sich um, fuchtelte mit den Armen und rief irgend etwas, das ich nicht verstand.
Ich hatte drei Bier getrunken und zwei Schnäpse, mitten in der Nacht wachte ich mit feuchter Stirn aus einem Traum auf. Fünf Sekunden länger denselben Traum, und die Müt-

ter, die sich in Mutantenschildkröten verwandelt hatten, hätten mich zur öffentlichen Steinigung auf den Schulhof gezerrt. Zehn Sekunden länger denselben Traum, und das erste, mit einem Stein gefüllte Hefegebäck wäre gegen meinen Kopf geknallt.

„Mmmmm ... was hast du denn?"

Leena drehte sich auf die andere Seite und schlief wieder ein. Ich schloß die Augen und bemühte mich, die Karussellbewegungen zu kontrollieren. Bald lag ich auf einem Felsvorsprung, und in der Schlucht unter mir wirbelte der Wind Staub auf.

Das Quecksilber war unter den Gefrierpunkt gesunken. Ich dachte, daß keine Jahreszeit so unvorangemeldet kommt wie der Winter, und riß eine Orangensafttüte auf. Mein Mund war trocken, mein Kopf nicht der gewohnte, und die Choralsadistin legte gerade los. Ich soff die Brühe am Fenster und war froh, für mich zu sein und gleich wieder unter die Decke schlüpfen zu können, um den Traum von meiner ersten Liebe fortzusetzen, deren nach Apfelsinen und Honig duftendes Haar mir noch in der Nase kitzelte. Die Jungen waren schon fort; wie ein Hunderudel hatten sie die Küche, die Diele und ihre eigene Bude bis zur Renovierungsbedürftigkeit auf den Kopf gestellt. Cornflakes, Zucker, Brotkrusten, Brotmesser, Schals, Fäustlinge, Turnschuhe, ein zu Tode bombardiertes Bataillon Legosoldaten mitten im Weg und am Griff der Kammertür ein gehenktes Kuscheltier. Und je mehr man sie deswegen mahnte, umso mehr tobten sie herum. Aufstand bei den Kuntsis. Ich räumte mir einen Durchgang zur Kloschüssel frei und zog dem Spiegel eine Grimasse. Hinter der Wand schrie die Choraltante Halleluja und wusch das Chassis ihrer Titten. Nichts für ungut, auch ich dachte täglich an Gott und die elende Kürze des Lebens, an die Ewigkeit und an meine Sündenlast und gab mir Mühe, den Teufeln, die mich umgaben, mit der Klatsche eins zwischen die Hörner zu geben.
Binnen einer Minute fiel ich in Halbschlaf. Eine Wiese, auf der Wiese Glockenblumen und Katzenpfötchen, Margeritten und Butterblumen und im Arm die Erste Liebe im Sommer neunundsechzig und bei der Ersten Liebe ein Telefon. Telefon!
Den letzten Abschnitt steuerte ich mit angewinkelter Zunge und versuchte, in der Spur zu bleiben. Tief in meiner Kehle scheuerte ein Brechpfropfen, was nicht zuletzt an Nurkkala lag, der auf der Rückbank den Nachdunst seines

Besäufnisses verströmte und eine nach der anderen rauchte. Raivinkimaas Granitwesen setzte mir nicht minder zu.
„Eero drei“, rief das Funkgerät.
Er nahm das Mikrofon, knackste mit den Tasten und verbreitete den Geruch seiner Männerserie.
„Eero drei hört.“
In baumwollgroßen Flocken fiel der Schnee auf die Motorhaube, man konnte nicht schneller als vierzig fahren. Nurkkala rülpste, zündete sich eine neue Zigarette an und fluchte. Ich verstand kein Wort von Raivinkis Rede, fing bereits an, zu bezweifeln, ob wir auf dem richtigen Weg waren und kurbelte das Fenster runter. Raivinkimaa quittierte die Mitteilung. Ein roter, sauberer Toyota stand mit weißem Dach auf einer Wegverbreiterung, weiter hinten war das Heck vom Wagen der Spurensicherung zu erkennen.
„Hier muß es sein.“
Wir drückten die Türen auf und trabten mit schlitternden Sohlen dem Krankenwagen hinterher, der rückwärts durch das enge Tor fuhr. Ein Streifenwagen hatte sich wie mit Hilfe eines Wunders vor den Abort gezwängt, wo er im Leerlauf Abgasräucherwerk gen Himmel furzte. Ich hatte keine Lust mehr zu rennen, Nurkkala hatte schon längst damit aufgehört.
Es handelte sich um eine bescheidene, windschiefe Hütte. Das mitten in die eine Wand gehauene Fenster glotzte uns als schwarzes, kantiges Auge an. Auf dem Dach lag eine dünne Schneeschicht wie Puderzucker, ab und zu stäubte der Wind etwas davon vor das Fenster hinunter. Vor einem Holzpfahl stand eine stämmige Frau mittleren Alters mit einem Plaid über den Schultern, die Säume ihrer braunen Jacke reichten bis über die Knie. Die Frau war grau und reagierte nicht auf unsere Ankunft, sie starrte eigentlich

nirgendwo hin, und der Wind hatte ihren Haarbusch auseinandergerupft. Ich fragte mich, ob sie unter Schock stand oder nur erschüttert war und bemühte mich, in aller Ruhe die frische Landluft einzuatmen.
Kunnaala kam im Laufschritt vom Ufer, sagte etwas zu Raivinkimaa und führte die Frau zum Wagen.
„Drinnen ist es wärmer“, sagte er beruhigend.
Die Frau setzte sich in Bewegung wie im Traum, Kunnaala sah uns an und winkte mit versteinertem Blick in Richtung Ufer.
„Drüben ist der Beifahrersitz aufgeschlitzt, und im Blech ist eine gigantische Schramme.“
„Ja, hab’ ich gesehn.“
Ich spürte, wie mir der kalte, unheilverheißende Wind bis in die Knochen drang, ich spürte, daß er keine Hilfe gegen die Kopfschmerzen bringen würde und fletschte die Zähne. Die Äste zeichneten die Botschaft des Winters an den Himmel, unter dem frischen Schnee lösten sich einige raschelnde Blätter und flogen zwischen den Steinen hin und her.
„Ach du Scheiße!“
Der Mann war in sitzende Position gegen den Bootssitz gekrümmt worden, so daß der Rand des umgedrehten Bootes den Kopf stütze. Die schwarzen Wellen leckten an der dünnen Eisschicht am Ufer, gnädig bedeckte der Schnee den größten Teil der Blutmenge. Jemand hatte dem Mann ein Stück des zwei Zoll starken, schweren Schlauchs der Wasserpumpe um den Hals geschlungen, am Kopf hingen rechts und links je ein hellroter Fellwürfel wie Micky-Maus-Ohren.
„Wie lange sind Sie schon hier in der Gegend?“
„Wir kamen fünfundvierzig.“
„Hat es hier schon immer so ausgesehen?“

„Ja."
Verkkonen sah den toten Mann an, dann Raivinkimaa und mich und zog den Reißverschluß seiner Jacke weiter nach unten.
„Er hat keine Zunge."
„Die braucht er sowieso nicht mehr."
Die untere Gesichtshälfte des toten Burschen war mit dunklem Geronnenen verschmiert, aber jeder von uns war erwachsen genug, es nicht für rote Grütze zu halten. Ich ging an Raivinkimaa vorbei und überlegte, ob die Einser auf den Würfeln absichtlich nach oben gedreht worden waren.
„Er ist vom Haus hierher geschleppt worden. Drüben sind noch mehr Spuren. Da hat einer ganz schön gewütet."
„Wer hat ihn gefunden?"
„Die Ehefrau und ein Nachbar aus der Stadt."
„Wo ist der Nachbar?"
„Ist er nicht im Wagen, vor dem Haus? Dieser Välinen ist am Montag nicht zur Arbeit erschienen, da hat sich die Frau Sorgen gemacht."
„Herrgott! Hat der hier zwei Tage gesessen?"
„Ja klar. Sie sind heute früh gekommen und mußten zum nächsten Telefon im Zementwerk fahren."
Ich fragte mich, ob der Mörder ursprünglich vorhatte, Välinen zu ertränken, dann aber seinen Entschluß änderte. Die lichter gewordenen Haare standen in hartgefrorenen Büscheln vom Kopf ab; ansonsten sah Välinen selbst als Toter wie ein ganz alltäglicher Mensch aus, und ich hätte ihm einen wesentlich harmloseren Abgang gegönnt, falls ich gefragt worden wäre. Raivinkimaa bückte sich neben Välinen. Versuchte er, ihn nach besonderen Merkmalen des Täters zu fragen? Ich ging zu Nurkkala hinauf, der vor dem Schuppen mit rot unterlaufenen Augen am Filter einer schrumpfenden Kippe saugte. In seinem Schnurrbart glänzte

eine tropfenförmige Eisperle, eingehüllt vom Rauch, der den Nasenlöchern entwich.
„Schau dir die Scheiße an! Ohne Zunge."
„Ich seh's auch von hier. Was sind denn das für Clownsohren? Und der Schlauch?"
„Schwer zu sagen. Den Schnee hat er jedenfalls bestellt, um die Spuren zu überdecken."
Beim letzten Mal hatte er mich dafür bestellt. Ich hatte das Gefühl, als hätte Nurkkala denselben Gedanken. Er bekam einen heftigen Hustenanfall. Am Ufer drehten sie sich zu uns um.
„Vielleicht hat er versucht, den Toten im Boot davontreiben zu lassen, hat es aber nicht geschafft, das Boot rumzudrehen. Und dann wurde er wütend und kam auf die Verzierung."
„Ich habe mich gerade gefragt, ob er Välinen ertränken wollte."
„Das ist Välinen?"
Nurkkala wischte sich das Wasser aus den Augen. Sein Kater sowie das bestialische Tableau, das sich vor uns auftat sorgten dafür, daß er aussah wie ein Mann, der die Geheimnummer seiner Geldautomatenkarte vergessen hatte.
Maksimoff photographierte gerade die Stube. Um darin zu hausen, hatten sie ihr ganzes Geld ausgegeben. In der Nase spürte ich noch den Übelkeit erregenden Gestank des geronnenen und tiefgefrorenen Todes. Maksimoffs freudlose aber lockere Interpretation spielte auf Betriebsausflüge an, die zu weit gegangen waren.
Ein Tobsüchtiger hatte mit seinem Messer wie im Akkord herumgewütet, als hätte er geahnt, damit gute Chancen zu haben, in die Vorabendnachrichten zu kommen. Wenn nicht im Fernsehen, dann wenigstens im Radio. Der Wohnzimmertisch war umgeworfen worden, die Bänke an der Wand in Stücke gehauen, und Välinens Sommergeschirr lag

in Scherben zu unseren Füßen. Von den verblichenen Vorhängen waren nur noch blutige Reste übrig, und der Anfang der Schleifspur erinnerte an einen Fluß. Sie verlief von dem Durcheinander in der Mitte des Raums aus über die Schwelle hinweg und setzte sich in Spritzern über die Veranda hinweg fort bis zur Treppe. Anschließend konnte sich der Blick in der Unbeflecktheit des frischen, weißen Schnees erholen.

„Siehst du, daß er Välinen erst weggeschleift hat und dann zurückgekommen ist, um alles kurz und klein zu schlagen?"

„Mmhh. Ich verstehe bloß nicht ... na ja, sonst verstehe ich überhaupt nichts. Immerhin gibt es eine Chance, daß er hier auch eigene Spuren hinterlassen hat."

Ich versuchte, mich an den Namen des Sees zu erinnern, aber die entsprechende Rubrik wollte sich einfach nicht auftun. Weder sie noch irgendeine andere Rubrik, aus der ich gewöhnlich meine Geniestreiche schöpfte.

Die Frau saß auf der Rückbank des Ford und beantwortete mechanisch die Fragen, die ihr gestellt wurden. Ein Außenstehender hätte sie für ruhig halten können, aber die panikartige Anspannung stieg im selben Maße ins Unermeßliche, wie Raivinkimaa in seinem üblichen feinfühligen Stil voranschritt. Nurkkala stiefelte an den Gittern des Heckfensters vorbei in Richtung Lada. Als ihren Namen gab die Frau Inkeri Välinen an; irgendwo aus ihrem Innern entwich ein Schluchzen.

„Ich hätte schon gestern kommen sollen. Nein, am Sonntagabend, als Lauri nichts von sich hören ließ."

„Wann kam er hierher?"

Am Sonntagmorgen. So um neun. Er frühstückte und ging wie immer. Hier hatte er seine Beschäftigung."

„Ist er alleine weggegangen?"

„Ich komme nur im Sommer her. Allein. Ja, allein war er.

Jemand rief ihn am Morgen an, irgendein unverschämter Anruf war das. Ich erinnere mich."
Die Frau versuchte, sich gegen ihre neue Wirklichkeit zu wehren. Sie wußte nichts genaues von dem Anruf, nicht einmal, ob das Gespräch lang gewesen war.
„Woher wissen Sie, daß es ein ungehöriger Anruf war?"
„Lauri sagte, oder sagte nicht, was gesprochen wurde, aber ... ist das wichtig? Wir bekommen solche Anrufe nicht, was für ein brutaler Kerl hat sich so was ausdenken können, so etwas zu tun ..."
Auch Raivinkimaa fing an, sich in seinem Velourmantel zu winden, sein und Inkeri Välinens Gesicht wurden von den kapriziösen Schatten des Morgens bedeckt. Erst dann bemerkte ich den alten Mann mit dem trockenen Gesichtsausdruck, der verwaist im Streifenwagen saß und Välinens Schuppen anstarrte. Der Nachbar aus der Stadt?
„Lauri hat niemandem etwas Böses getan. Alle mochten ihn auf der Arbeit."
Aber nicht zu Hause, dachte ich. Einen kurzen Moment lang lag etwas in den Augen der Frau, das ich als Erleichterung oder wenigstens als Gleichgültigkeit deutete. Man sollte sich bei so etwas nie allzu sicher sein, möglicherweise täuschten die Schatten. Raivinkimaa versuchte, die Frau dazu zu bewegen, sich zu erinnern, ob es außer dem Anruf noch etwas anderes gab, das vom gewöhnlichen Ablauf abwich.
„Lauris Auto ist zerkratzt worden."
„Das haben wir gerade festgestellt. Und der Sitz?"
„Was?"
„Der Beifahrersitz ist aufgeschlitzt."
„Davon weiß ich nichts. Die Schramme hat er vor einer Woche gekriegt. Vor einer Woche oder zwei. Die Würfel gehören Lauri."
Rainvinkimaa korrigierte seine Haltung, sein weißer Schal

ließ ihn wie ein Diplomat aussehen. Bestimmt hatte er sich deswegen so einen umgeknotet, und er mußte auch seinen Schal korrigieren, als sich herausstellte, daß die Kleinfamilie Välinen im Viertel von Korpela wohnte.

Nurkkala saß untätig in seinem Verschlag. Die ausgreifenden Extremitäten, der große Kopf und die Schultern verschlangen ein Viertel des Raums, die Schreibmaschine wirkte wie ein Spielzeug zwischen seinen Händen. Dieser Augenblick der Kontemplation hätte manch einen veranlaßt, spaltenweise Geschichten über die Faulheit der Polizei anzuleiern. Ich fragte, was ihn bedrückte.
„Das hier."
„Muß ich das lesen?"
„Einer von uns wird abgestellt, sich um die Schwarzbrennerei im Indianerdorf zu kümmern. Wenn wir nicht selbst entscheiden können, wird eine Münze geworfen, und wenn nicht die Münze, dann bestimmt Raivinkimaa."
„Hat er dir das so gesagt?"
„Natürlich nicht. Lies das!"
Ungefähr nach der fünften Zeile verlor ich den Faden. Raivinkimaas Stafettensprache stellte meine Lesefähigkeit auf eine harte Probe, aber es roch schwer danach, daß sein Wortschatz sich um zwei neue Feinheiten erweitert hatte: Dezentralisation und Kalibration.
„Das heißt doch gar nichts."
„Ach nein. Gar nichts. Na, wer geht?"
„Nur nicht so hastig!"
Ich übersetzte ihm die Kopfschmerzen unseres Chefs: Er wurde von oben mit Forderungen nach Erfolgsnachweisen bombardiert, und nun bombardierte er uns - wen sollten wir bombardieren?
Die unterste Schicht von Nurkkalas Pinwand mußte aus der Mitte der achtziger Jahre stammen, so dick hing das Papier an der Tafel. Ich fragte mich, ob er in seiner Schublade eine Sonderanfertigung von Reißzwecken parat hatte, mit denen er neues Zeug über das alte nietete. Jetzt riß er mir Raivinkimaas klar formulierten Brief aus der Hand und

schlug ihn mit einer Gewalt gegen die Tafel, die fast die Wand des Verschlags dem Erdboden gleichgemacht hätte. Der Rundbrief blieb hängen.
„Wie bleibt der da dran?"
„Er muß, verdammt noch mal."
Nacheinander drängten wir in den größeren Vortragssaal, wo Pätiälä von der KRP rot schillerte wie ein dänischer Apfel. Seine dickrandige Brille war das halbe Nasenbein herabgerutscht. Im Schein der Lampen glänzte der Schweiß, und Raivinkimaa wirkte neben ihm wie ein mit Stil gealtertes männliches Mannequin.
„Trifft es zu, daß beide Opfer brutal mißhandelt worden sind?"
„Dazu möchte ich keinen Kommentar abgeben."
„Kann man bereits mit Sicherheit sagen, daß hinter beiden Morden dieselbe Person steckt?"
„Zunächst einmal ist der Begriff Mord eine juristische Definitionsfrage, und was den Tathergang anbelangt, so gibt es zweifellos gewisse Übereinstimmungen. Allerdings auch Abweichungen."
„Glaubt die Polizei, die beiden Verbrechen noch vor dem Jahreswechsel aufklären zu können?"
„Wir arbeiten ununterbrochen, wir machen die ganze Zeit Fortschritte, aber der Jahreswechsel ist bei diesem Problem in keinster Weise das vordringliche Ziel."
„Es kann also auch über den Jahreswechsel hinausgehen?"
„Kannten sich Huuhtila und Välinen?"
„Nein."
Pätiälä antwortete schnell und ausdruckslos - seine Gesichtsröte war lediglich der Beweis für gesunde Lebensgewohnheiten, und die rutschende Brille verriet Weisheit, aber Raivinkimaas Mund hatte sich schon dreimal geöffnet, ohne daß ihm eine Silbe entwichen wäre. Seine Stirn spannte sich,

und sein Gesichtsausdruck bewegte sich schleppend zwischen Verdruß und Schmollen hin und her. Das Mikrofon wurde dem Chef vor der Nase weggezogen, ohne jemals wieder zurückzukehren, der Kameramann begab sich bereits mit der Kamera auf der Schulter zur Tür. Ich trat ihm aus dem Weg und fühlte innerlich die Schadenfreude schnurren.

Henttonen von der örtlichen Zeitung erweiterte das Problem auf den modischen Sumpfboden der fehlenden öffentlichen Sicherheit, vermochte das Thema jedoch nicht zu vertiefen, dank Pätiälä, der den Begriff niederbügelte, indem er sagte, die 'fehlende öffentliche Sicherheit' würde immer bemüht, wenn es anfing, windig zu werden. Und die Polizei war gegen den Wind ziemlich machtlos. Ein Blitzlichtgewitter ging nieder. Kurz darauf kam auch unser Boß an die Reihe. Er riet den Mitbürgern, ruhig zu bleiben und gab zwei Telefonnummern an, wo die ruhigsten von allen ihre Tips loswerden konnten.

Raivi zufolge, waren Hinweise aufgetaucht, die in eine bestimmte Richtung wiesen, und auf die sich die Polizei nun konzentrieren würde. Er wollte seine Aussage jedoch nicht präzisieren. Ermittlungstaktische Gründe würden das verhindern.

Ich warf Nurkkala einen Blick zu. Wir Insider kannten den Grund für Raivinkimaas Geheimnistuerei nur allzu gut: Es gab keinen Hinweis, der auch nur in eine einzige verfluchte Richtung gewiesen hätte. Der auf der Sandbank aufgelaufene Välinen war nicht imstande, uns zu helfen - wenn man der Angelegenheit irgend etwas Tröstliches abgewinnen wollte, dann höchstens die Tatsache, daß nun nicht mehr nur die Frauen besondere Angst zu haben brauchten. Jetzt mußten sich auch die Männer fürchten.

„Beide Opfer wohnten in der Wohnsiedlung Korpela. Was

bedeutet das für die Ermittlungen?"
„Die Polizei wird dies entsprechend berücksichtigen."
„Und wie? Das erste Opfer wurde doch auch in Korpela ermordet."
„Die Konferenz ist beendet, meine Damen und Herren. Ich möchte betonen, daß hinter den Taten eine nicht nur kranke, sondern auch äußerst überlegt handelnde und, ich würde sagen in gewisser Weise auch intelligente Person steckt. Es läßt sich ausgesprochen wenig dagegen ausrichten, daß der Himmel beschlossen hat, den ersten Schnee in der Nacht von Montag auf Dienstag fallen zu lassen."
Am nächsten Morgen waren auf den Titelseiten ein schwitzender Pätiälä und ein halber Raivinkimaa zu sehen. POLIZEI: DER MÖRDER VON KORPELA IST ÄUSSERST INTELLIGENT!
Vielleicht war Raivinkimaa letztendlich doch zufrieden, daß von seiner Visage nicht mehr als eine schwer identifizierbare Hälfte zu erkennen war, und daß der Text selbst aus einer Auswahl aus Pätiäläs schwarzem Humor bestand. Parlamentarische Anfragen hatte es schon aus geringerem Anlaß gegeben.
Der Schnee hatte sich in einen Schneeregen verwandelt, den der Himmel stundenlang durch sein Sicb fallen ließ. Die Menschen kreuzten den Marktplatz im Windschatten, und das war kein Karnevalsumzug - die Herbstträume hatten wieder einmal getrogen. Im Windfang eines Kaufhauses plärrte das erste Weihnachtsgedudel, einem Gitarristen von der Heilsarmee schlug eine gerissene Saite ins Gesicht. Ich und Nurkkala verschmolzen auf das beste mit dieser Gesellschaft.
„Dort drüben ist es."
Nurkkala überholte mich und drängelte sich auf eine Weise durch, daß ich ihn fast verloren hätte. Der Hinterhof

erinnerte an Filme, in denen die schwarzen Autos der Gestapo nächtliche Beute machten. Der Hausmeister war eine Frau, erinnerte nicht an einen Film, aber umso mehr an die Einförmigkeit des Alltagslebens. Ich vermutete zumindest, daß es die Hausmeisterin war. Wer sonst hätte ein Interesse daran haben können, mit dem Hochdruckreiniger den Ruß von der Teppichstange zu schießen?
„Das da ist die Tür. Ein Nachfolger hat sich noch nicht gefunden."
Gut, daß sie auf die Idee kam, den Apparat auszuschalten, ansonsten hätten Nurkkala und ich unser Teil abbekommen. Die Frau hatte eine schwere Stimme und den Körper eines Gewichthebers.
„Also, ich war an der Tür zum Treppenhaus, als die Huuhtila in ihren Laden kam. Ich war dabei, den Gang zu wischen, wie jeden Morgen, und mein Zeitplan hat sich da mit dem von der Huuhtila überschnitten, so daß ich es mit meiner Arbeit gerade bis zum Eingang geschafft hatte, als sie kam. Eine ausgesprochen freundliche Person."
Für einen Gewichtheber hatte die Frau einen ziemlich geschwätzigen Charakter, aber vielleicht war er durch ihren Hauptberuf so geformt worden. Ihr Finger streichelte den Abzug der Reinigungsmaschine. Und die Geschichte war inzwischen zu einer Hemdbluse abgeglitten, für die die Huuhtila der Hausmeisterin einen sympathischen Rabatt gewährt hatte.
„Erinnern Sie sich noch, was Sie an jenem Morgen gesehen haben? Wenn wir das recht verstanden haben, war da noch jemand anderes außer Inari Huuhtila."
„Dieser Kerl."
„Ja?"
„Gleich als die Huuhtila reingegangen war, kam ein Mann an die Tür und hat wohl den Text da gelesen. Er hat nicht

versucht, reinzukommen, da bin ich mir sicher."
„Ist er lange stehengeblieben?"
„Nein."
„Sondern?"
„Na, er ging durch die Einfahrt auf die Straße, aber wenn Sie mich fragen, hatte der was Schleichendes an sich. Was Schleichendes und Verfolgendes. Wissen Sie, das ist hier immer noch Zentrum, und die Unruhe reicht bis in unseren Hof. Mal kommt einer zum Pinkeln, mal zum Übernachten, wenn er nicht gleich zusammenklappt. Und ich glaube nicht, daß das der Freund von der Huuhtila war. Die haben sich doch schon vor Zeiten getrennt."
Die Frau beschrieb exakt die Kleidung des Mannes, über sein Gesicht konnte sie allerdings nichts sagen, weil der Abstand zu groß war.
„Er war mittelalt. Nicht alt und nicht jung, und es kann gut sein, daß er bloß ein harmloser Verrückter war."
„Wieso verrückt?"
„Kein normaler Mensch benimmt sich doch so am frühen Morgen. Der Kerl war nüchtern. Kein Stoff. Aber ein Schleicher."
Ich fragte die Frau, ob ihr der Name Zauber-Jim etwas sage. Sie nahm an, ich wollte mich auf ihre Kosten amüsieren und schilderte ihren ehemaligen Mann als den bedeutenden Sergeanten Äyrylä, und zwar von seiner äußeren Erscheinung wie auch von seinem Charakter her, aber Zauber-Jim war ihr fremd.
Nurkkala hatte uns den Rücken zugekehrt. Auf der Stirn der Frau schmolz der Schneeregen, von einem oberen Balkon tönte das Gewimmer eines Kindes.
„Einer von diesen Comichelden ist das", sagte ich. „Er trägt einen Frack. Einen Frack oder zumindest einen Smoking. Dieser Mann hatte nichts dergleichen an?"

„Ich sagte doch schon, was er anhatte. Gerade, saubere Hosen und eine schwarze Jacke mit blauen Ärmeln. Das hilft Ihnen wohl nicht viel?"
„Vielen Dank. Kann sein, daß uns die Information mehr Freude machen würde, wenn wir sie früher bekommen hätten."
Ich versuchte, das in einem versöhnlichen Ton zu sagen; die Frau schwenkte die Dusche auf das Gestell, und wir hörten auf zu existierten. Nebeneinander traten wir auf die Straße. Nurkkala zupfte mich am Ärmel, um mich in die entgegengesetzte Richtung vom Wagen zu lenken. In seiner anderen Hand flatterte ein kleiner Zettel.
„Wohin ...?"
Mit zielbewußten Schritten und einem sicheren Vorsprung von zehn Metern verschwand er durch eine Drehtür. Mir blieb nichts anderes übrig, als ihm zu folgen, obwohl ich das Schlimmste ahnte. Die nassen Mäntel, die schwere, stehende Luft und die ungewöhnliche Enge brachten mich zum Fluchen. Die Kassen sangen, die Schlangen schlängelten sich irgendwo ins Unsichtbare, und Nurkkalas Gestalt, die einen Kopf größer als alle anderen war, entschwand auf einer Rolltreppe.
In der Herrenkonfektionsabteilung erwischte ich ihn. Er durchforstete seine verfluchten Kupons, warf auch mir einen Blick zu und fing dann an, die passende Kiste mit Unterhosen zu suchen.
„Wir müssen doch zu der Alten von Välinen!"
„Dauert nicht lange."
„Was nicht, zum Teufel?"
„Hier gibt's zwei für einen Hunderter. Und die sind richtig schön dick."
„Von mir aus. Das Palaver bei Raivinkimaa ist um viertel nach eins!"

Nurkki sah mich finster und verächtlich an und brach sich eine Bahn in die hintersten Winkel der Abteilung, wo eine Front alter Männer mit Kupons in den Händen fauchte. Der Anblick war richtig reizend, denn selbstverständlich hatte jeder das Recht und im Grunde genommen sogar die Pflicht, sich um den Kälteschutz seiner unteren Extremitäten zu kümmern. Was hatte ich mich darüber aufzuregen? Es handelte sich schätzungsweise um knapp unter tausend alte Männer. Nurkkala hob ein paar aus dem Weg und konnte dank seiner Spannweite zwei Packungen aus der Kiste angeln und damit zu mir gesprungen kommen.
Er schwenkte die Unterhosen vor meinem Gesicht, drehte sich zu einem Spiegel um und wirkte plötzlich irgendwie matt. Ich begriff, daß die Unterhosen nicht paßten.
„Sie sind zu klein“, sagte ich.
„Zwei für hundert.“
„Das sagtest du bereits.“
„Wegen denen kannst du dir die Hacken ablaufen. Und das sind einheimische, wo man nicht einmal bulgarische für sechzig das Stück bekommt.“
„Oh Scheiße!“
Er riß die Lasche auf, bugsierte das Bündel aus der Packung und dehnte mit ernster Miene den Expander. Eine wühlende Herde hatte sich um die Kiste herum gedrängt, so daß sie in Kürze umkippen würde. Was hätten die Herren noch für eine Freude an einer funktionierenden Prostata, wenn sie nach einem Ellbogenhieb vor den Behälter stürzten?
Ich wollte mich bei Nurkkala danach und auch nach etwas anderem erkundigen, aber er war in eine Umkleidekabine geschlüpft. Durch den Vorhangspalt rief ich, ob er im Ernst vorhatte, auf der nackten Haut anzuprobieren.
Auf einem gemächlich kreisenden Podest stand in der Abwehrhaltung eines Boxers eine Schaufensterpuppe mit ein-

heimischen Unterhosen an den Streichholzbeinen: links, links, Gerade. Alle halbe Minute kehrte sie mir den Arsch zu; links, rechts, Uppercut.
Der Kabinenvorhang zappelte, Nurkkalas Ellbogen, Schultern und Knie donnerten gegen die Kabinenwände. Gleich würde der Spiegel klirren. Was ich hörte, war aber kein Klirren, sondern das Krachen einer reißenden Naht und ein unterdrückter Fluch. Nurkkala schlüpfte aus der Box und warf die Packung zurück in die Kiste. Er sagte, das Leben hänge nicht von einer einzigen Unterhose ab, und außerdem, wenn die alten Signale nicht trögen, bekäme er von seiner Frau genau solche zu Weihnachten.
„Oder Strümpfe."
„Unterhosen, Strümpfe, Unterhosen, Strümpfe, sie liebt mich, sie liebt mich nicht, sie liebt mich, bestimmt sind es Strümpfe."
Neben dem Sonderangebotskarton am Bahnhofsimbiß fragte mich Nurkkala, ob der Hintergrund von Välinens Nachbar untersucht worden sei. Ich sagte, das Männchen schien mindestens genauso ordentlich gewesen zu sein wie der verstorbene Välinen, und daß der Anblick beim Wochenendhaus ihn genauso erschüttert hätte wie Välinens Frau. Der Nachbar kannte Välinen und dessen Frau nicht besser als von einigen zufälligen Schwätzchen, aber als er die Notsituation der Frau verstanden hatte, war er bereit, sie zu chauffieren.
„Einen kleinen Taxiburger mit allem. Also, mit allem, was es umsonst gibt."
Der Dampf puffte Nurkkala ins Gesicht, ich trat ein Stück von ihm weg. Große, nasse Flocken schmolzen widerwärtig auf den Kleidern und brachten Brillenschlangen zur Verzweiflung; unter der Markise des Hotels schlotterte eine tolle Frau in rotem Minirock und Nerzjäckchen. Sie konn-

te nicht aus dieser Stadt sein, auf keinen Fall - ihre Eleganz war eher kontinental und unerreichbar, gemessen an uns Torfstechern. Ich malte mir bereits aus, wie es wäre, ihr gegenüber an einem Tischchen zu sitzen, Cocktails zu probieren und mitten im small talk zu spüren, wie eine Olive im Rachen steckenbleibt, als sich Nurkkala, seine Ladung Junk-food in den Händen haltend, an mir vorbeidrängte. Mit welchen Muskeln hätte ich sie faszinieren sollen, was für ein small talk, um Himmels willen: rainy day, dream away, you have tolle Muckis und tschüs? Die Frau stieg in den Fond eines mintgrünen Chevrolets und hatte nicht einmal Notiz von mir genommen.
„Trödel nicht, Kuntsi!"
Ein Kartoffelstreifen hing als Orden an Nurkkalas Revers, als er die Tür des Lada öffnete und dermaßen grob auf den Sitz polterte, daß die Federn bis auf den Unterboden gerammt wurden.
„Keinen Hunger?"
„Nein."
„Nimm hiervon was!"
„Nein danke, schon gut."
Es war angenehm, die rauhe Landschaft von Korpela wiederzusehen; die Scheibenwischer schoben die Matschablagerung auf der Windschutzscheibe hin und her, und mein Kollege vernichtete mit einer geschmeidigen Handbewegung eine halbe Milch, worauf ich dem Rülpser des Jahrhunderts beiwohnen durfte. Er hörte sich elefantenartig an, es lag eine Brise Baßtrommel darin und jede Menge von der bei uns üblichen Anstandskultur.
„Gehn wir zusammen?" fragte Nurkkala.
„Was soll die Frage? Das ist eine absolute Bedingung, was glaubst denn du? Vielleicht ein Angebot?"
„Am Ende schüchtere ich sie mit meiner Größe ein. Ich

könnte doch hier warten", grinste er.
Dann fing er an, laut darüber nachzudenken, ob Välinens Mörder mit diesem mitgefahren war und sich anschließend auf eigene Faust davon gemacht hatte, oder ob er einen eigenen Wagen hatte. Nurkkala war der Meinung, auf dem Weg hätten sich irgendwelche Hinweise auf ein anderes Auto finden müssen, weil es letztendlich nur ziemlich spärlich geschneit hatte.
„Das kann uns Välinens Olle nicht sagen."
„Auf Välinens Sitz sind irgendwelche Fasern gefunden worden, die nicht zu seinen Kleidern passen. Also gerade so, als wäre der Typ selbst gefahren oder als hätte er sich zumindest hinter Välinens Lenkrad gesetzt und von dort aus rumgeschnipselt ... nee, das will mir nicht in die Birne."
„Und dann ist er voller Blut davonspaziert."
Das schleppende Tempo auf dem Parkplatz des Einkaufszentrums und der bekannte Kiefernbestand brachten meine Handflächen zum Schwitzen.
„Ketotie zwozwo."
„O.k."
„Das da kennen wir doch. Das ist Kanervas Droschke", sagte ich. „Der Kerl ist schon wieder hier."
„Das hat doch nichts zu sagen."
Ich bat Nurkkala, neben Kanervas amerikanischem Schlitten anzuhalten. Der fernsehapparatgroße Kopf Pates überwachte unsere Ankunft; alles war groß und bombastisch. Ich roch förmlich das Falsche daran, obwohl ich dazu keinen anderen Grund hatte als eine falsche Werkstattadresse.

Ich stieg aus und schnitt dem Riesenhund zwei Zentimeter vor der Seitenscheibe eine Grimasse, wobei ich die Wirksamkeit meines Gesichtsausdrucks noch durch ein Flattern mit den Händen steigerte. Ein dumpfes Knurren ließ das

Auto erzittern, der Hund quetschte sein böswilliges Maul gegen das Glas, so daß der Geifer daran herunterlief. Vielleicht erkannte mich Pate, vielleicht erinnerte er sich noch an den gewalttätigen Ruck des Strangulierbandes.
„Was ärgerst du den denn so?“
Ich machte Nurkkala den Vorschlag, in der Gegend herumzuschnüffeln und Kanerva zu suchen; man konnte nie wissen, möglicherweise erinnerte sich der Mann jetzt besser an den Grund für sein Parken am Mordabend, und außerdem könnte ich ihn bei der Gelegenheit fragen, wie die Kupplung mitspielt.
Nurkkala schlenderte in den Rachen des K-Marktes hinein; ich konnte noch erkennen, wie er einen Plastikkorb unter den Arm klemmte und sich auf den Weg machte, Kanerva zu suchen. Hatte er vor, ihn in Einzelteilen dort hineinzupacken?
Ich entschied mich für die Kaschemme. Tagesgericht 32.-; ich hatte immer noch keinen Hunger. Auf den Barhockern schlugen ein paar Standardzombies ihre Zeit tot, der Plattenautomat sonderte „Sanna & Die Unmöglichen“ ab. Die Bedienung sah gut aus.
Jekku erkannte ich sofort, obwohl er sich einen Bart hatte wachsen lassen. Er wurde Jekku genannt und saß nun in einer schäbigen Loge und schrieb etwas auf einen Zettel. Er war so auf seine anstrengende Tätigkeit konzentriert, daß es mir gelang, ihn völlig zu überraschen. Er erschrak heftig.
„Besetzt.“
„Hier ist doch Platz für drei. Oder zwei. Wo ist denn dein Kumpel?“ fragte ich und schob das Bierglas von mir weg. „Wie geht's dir denn so, gerade eine Bewerbung laufen, oder wie?“
„Hau ab! Siehst du nicht, daß da noch ein halbes Pils drin ist?!“

„Wohnst du in Korpela?“
„Das geht dich nix an.“
Während er versuchte, mehr Energie in seinen Zorn zu legen, wollte er klammheimlich den Zettel in Sicherheit bringen. Ich legte eine Hand auf Jekkus schmalen und feuchtkalten Handrücken und machte eine Anspielung auf seine kleine Lesebrille.
„Neckisches Goldbrillchen.“
„Verpiß dich, Kuntsi!“
Jekku war ein Gewohnheitsverbrecher und hatte wegen unrentabler Unterschlagungen einen Kuchen von fast zehn Jahren zu löffeln gehabt. Hinter diesem Mann schlugen die Zellentüren regelmäßig zu, und es war bekannt, daß er bei einer Untersuchung auf seinen Geisteszustand den Gutachter mit einer Parodie des Sportreporters Paavo Noponen zum Narren hielt. Seine Standardnummer war das Aussaugen von Parkuhren oder Urkundenfälschung, möglicherweise ging es hier um etwas Ähnliches, aber nur die allerwenigsten wußten, daß er auch der Polizei half, und daß wir ihn deshalb wegen ein paar Dingen in Ruhe ließen.
Auf dem Zettel befand sich der primitive Grundriß eines Gebäudes, Hof und Weg und eine Uhrzeit.
„Hast du vor, einen Hotdog-Stand auszuräumen? Mit wem denn?“
„Wir entwerfen mit den anderen Jungs zusammen Ferienwohnungen für Polizisten. Hast du nicht die Anzeige für den Wettbewerb gesehn? Schau, hier haben wir fünfzehn Quadratmeter, und das ist für zwei Familien à vier Personen gedacht. Polizistenfamilien. Genau, und das hier ist die Schlafenszeit. Es gibt übrigens gute Preise, der Gewinner kriegt ...“
Kanerva blieb beim Salatkarren stehen und suchte dahinter Schutz, denn er hatte mich im selben Moment erkannt wie

ich ihn. Er war auf dem Weg zu Jekkus Tisch, wahrscheinlich wärmte ich ihm den Sitz. Ich stand auf, um zu ihm zu gehen, da er sich nicht mehr in unsere Richtung bewegte. Dieses Schwein von Jekku streckte sein Bein aus, so daß ich mit dem Gesicht voran gegen die kleinen dreieckigen Tische mitten im Raum fiel und auf den abgenutzten Teppich rutschte. Die gesamte Reihe kippte um, der letzte Tisch brachte Sanna & Die Unmöglichen zum Schweigen.
Kanerva erhielt fast eine halbe Minute Vorsprung. Ich hatte keine Ahnung, wozu er die brauchte. Jekku brüllte ich zu, auf die Angelegenheit noch zurückzukommen und rannte hinaus.
Vor dem Supermarkt stand Nurkkala, mit einer Hand umklammerte er eine Zwiebelwurststange und einen Zweikilobeutel Satsumas. Er war so knapp bei Kasse, daß er es nicht über's Herz brachte, sich eine Tüte zu leisten.
„Hinterher!"
Die Stange schwenkte in Richtung Kanerva, der um die Ecke verschwand.
„Dort, dort!"
Der Chrysler schlug mit dem Heck aus, als er von einer Spur auf die andere rutschte, überquerte die Kreuzung bei Rot und schoß wie ein Pfeil den Krankenhaushügel hinauf. Ich donnerte das Blaulicht auf's Dach, ein Schalterdruck ließ die Hörner los, und schon trübte eine blaue Flamme die Schneeregensuppe. Zu unseren Füßen kullerten über hundert Satsumas, von denen ein Teil unter Nurkkalas Gaspedal zermatscht wurde.
„Der fährt Richtung Pori", rief Nurkkala.
Aus der beginnenden Dämmerung tauchten die rotverklinkerten Türme der Universitätsklinik auf; hinter dem kastenartigen Hauptgebäude schwankte der Kran auf der Baustelle für den Erweiterungsbau der Strahlenklinik.

Nurkkala ließ Kanerva nicht entwischen. Das Tatütata machte uns die Bahn frei, und bald überquerten wir mit knirschender Karosserie die Geleise der Düngerfabrik. Über Funk rief ich Verstärkung und fragte mich, ob Kanerva tatsächlich vorhatte, zu sich nach Hause zu fliehen - gerade so, als hätte er ein gewisses Sprichwort über die Sicherheit dieses Ortes allzu wortgetreu verinnerlicht. Auf der Hochgeschwindigkeitsstrecke von Karunkiniemi schaltete ich die Hörner aus und warf einen Blick auf Nurkkalas entschlossenes Seitenprofil. Er schaltete in den Dritten, bremste gleichzeitig und schlitterte rücksichtslos in eine miese halbe Umdrehung, die uns auf einen Sandweg katapultierte. Die Satsumas begannen zu duften. In den ausgenagten Schlaglöchern dröhnten die Stoßdämpfer.
„Dort hat es aufgeblinkt!"
„Wir kriegen ihn!"
„Scheiße!"
„Achtung!"
Kanervas Bremslichter leuchteten auf, verschwanden in der Finsternis eines Weidengestrüpps, und ich und Nurkkala wurden mit steifen Hälsen durchgeschüttelt. Ich wußte, daß die Strecke fünf Kilometer lang war, unsere Geschwindigkeit war absolut zu hoch. In die nächste S-Kurve gerieten wir derart rasant, daß wir uns aus der ersten, abschüssigen Kurve zwar wie durch ein Wunder retteten, die zweite uns jedoch ins Gebüsch zog. Vor der Kühlerhaube krachte das Dickicht auseinander, wir duckten uns, um den letzten, endgültigen Schlag entgegenzunehmen. Was hatten wir doch für ein erfülltes Leben hinter uns!
„Tut's weh, ist dir was passiert?"
„Scheiße!"
„Die kam zu schnell. Der Mistkerl ist durchgekommen."
Nurkkala keuchte, die Stirn auf dem Lenkrad, das Blau-

licht spülte einen märchenhaften Schimmer in den Mischwald.
Nurkkala schaltete den Motor aus und verließ den Wagen auf meiner Seite, weil sich seine Tür nicht öffnen ließ. Durchs Unterholz liefen wir zu Kanervas Chrysler, dessen Rücklichter uns boshaft anstarrten. Kanerva hatte dieselbe Kurve genauso stümperhaft geschnitten wie wir, auch wenn die Masse seines Wagens ihn später und weiter herausgeschleudert hatte. Unter der Kühlerhaube knackte und rasselte es.
„Raus da!"
Wir traten näher. Kanervas Stirn war am Lenkrad oder an dem stumpfen Rand des Armaturenbretts zerschmettert worden, vom Beifahrersitz aus leckte Pate seinem Herrchen die Wangen.

III

Jekku zitterte und versuchte sich zu beruhigen, indem er an seinen gelockten Barthaaren zupfte. Sein Gesicht sah blaß und ausgemergelt aus. Er saß vor dem Holztisch und hatte keine einzige Anekdote mehr auf Lager, nachdem ich ihm mitgeteilt hatte, daß sein lässiges Beinstellen in der Kneipe auch Gewalttätiger Widerstand gegen die Staatsgewalt hieß, und daß es sich dabei um das schwerste aller Verbrechen handelte. Außerdem würde Kanerva noch leben, hätte sich Jekku beherrschen können, sein Bein auszustrecken. Dann hätte ich ihn erwischt bevor er ohne Sicherheitsgurt losgerast war.

„Aber ihr könnt mich doch nicht dafür verantwortlich machen, daß der gegen das Lenkrad geknallt ist!"

„Das brauchen wir auch gar nicht. Die anderen Sachen reichen völlig aus. Unter drei Jahren kommst du nicht davon ... sieht so aus, als dürftest du deinen fünfzigsten Geburtstag im Knast feiern."

„Das war ein Versehen. Ehrlich wahr! Ich bin erschrocken, was du plötzlich hattest und hab' irgendwie das Bein grade gemacht. Der Alkohol hat meine Nerven angegriffen."

„Im Bein und im Kopf."

„Was?"

„Was hattet ihr da zu mauscheln?"

„Ich hab' ihn gar nicht gekannt. Wenigstens nicht gut. Wir haben manchmal ein Nachmittagsbierchen getrunken. Ist das strafbar?"

Ich beugte mich näher zu ihm hin und sagte, daß alles was er täte strafbar sei. Außerdem wußte die Bedienung, daß sie öfters zusammen in der Kneipe ihr Nachmittagsbier einnahmen.

„Und zusätzlich Vormittagsbierchen und Spätabendbierchen. Ich habe den Eindruck, daß ihr gute Bekannte ward, du und Kanerva. Versuch nicht, dich rauszureden!"

„Was red' ich mich denn raus?"
„Du hast hier keine Fragen zu stellen."
„Ich streite alles ab."
„War das nicht irgendein Ding? Das, was ich auf dem Zettel gesehen habe?"
„Das ist ein durch und durch verrottetes System, und ausserdem zerbrecht ihr euch umsonst den Kopf. Ich bin anders geworden, Kuntsi, aber mir gibt ja niemand eine Chance."
Jekku senkte den Kopf, an den Schläfen und am Scheitel lichteten sich die nach hinten gekämmten Haare bereits. Natürlich war das System verrottet, und absolut alle zerbrachen sich umsonst den Kopf, aber was Jekkus Wandlung anging - das war für den Arsch. Ich versicherte ihm, daß wir von mir aus zwei Wochen mit demselben Thema hier sitzen könnten, und daß außer den von mir prophezeiten drei Jahren zusätzlich noch zwei Monate pro Verhörtag auf dem Zähler klicken würden, wenn er nicht langsam anfinge, sich zu erinnern.
„Kanervas Abgang kam ziemlich plötzlich. Er hatte drei Halbe und einen Whisky getrunken. Streit' das nicht ab, es steht auf der Rechnung, und trotzdem hielt er es für angebracht, sich hinter's Steuer zu setzen. Eins komma drei Promille und Exitus. Hat sich das rentiert?"
„Ich weiß gar nichts. Nein, nicht rentiert."
„Sicher nicht. Wenn ihr nur Kumpels wart, was ist dann mit einem Schlag über ihn gekommen?"
„Na, Heimweh."
„Mach bloß keine Witze! Es hätte nicht viel gefehlt, und mir und Nurkkala wäre es genauso ergangen, und du bist nach deinem feigen Beinstellen schön sitzen geblieben und hast ein frisches Bier gesoffen."
Allmählich wurde ich ernsthaft sauer auf Jekku, aber seiner

Meinung nach gehörten ich und Nurkki auch nur zu den Kohlenkellerkindern. Ich stieß Jekkus Brustkorb gegen die Tischkante und drückte zu.
„Okay, okay, laß los, Wichser. Ich hab' mit Kanerva über ein Ding nachgedacht, weil sonst nix in Sicht war, aber seit wann ist es strafbar, Pläne zu machen? Das war bloß so ein Phantasiespiel, du hast den Zettel ja gesehn. So einen Ort gibt's überhaupt nicht. Einfach nur Scheiße."
Wir fixierten uns gegenseitig. Ich lockerte den Druck. Jekkus Augen wurden wäßrig und unterwürfig rot, und doch blitzte in ihnen eine durch die zahlreichen Knastjahre mit Patina überzogene Bosheit. Er war ein Mann mit flinken Bewegungen, nicht einmal einssechzig groß und wog sicher kaum fünfzig Kilo.
„Und die abgesägte Flinte und das Geld, das wir in deiner Bude gefunden haben, ist das auch nur ein Phantasiespiel? Und die Strumpfhosen? Gut übrigens, daß es gleich fünf Packungen waren, mein Lieber, weil sie nämlich weniger als zehn Denier hatten. Da muß man mindestens zwei übereinander ziehen. Sonst sieht man die Fresse durch. Deine und Kanervas Fresse."
„Wart ihr verdammten ..."
„Waren wir. Ziemlich weit fortgeschritten, die Planung. Was hat Kanerva in Korpela gemacht? Er hat kein Vorstrafenregister."
„Keine Ahnung. Er hat mir die Flinte gegeben und das Geld. Todsicher. Damit ich es aufhebe. Nachdem er da vorletzten Herbst in was reingezogen worden ist."
Jekku hatte es plötzlich eilig, die Geschichte auszubreiten. Es war leicht, alles auf den Toten zu schieben, und je schneller desto besser. Ich erinnerte mich an den Gärtner Kanerva, der den Rechenstiel streichelte und wußte nicht, was ich denken sollte.

„Hast du ihn auf Anhieb kennengelernt?"
„Ja, das heißt nein. Natürlich nicht."
„Wovon hat er denn so gesprochen?"
„Na ja, also, vom perfekten Verbrechen. Und dann vom Mord an dieser Tussi, die in Einkilostücke zersägt worden ist, im Graben am Sportplatz. Er war irgendwie fanatisch und hat die Geschichten aus der Zeitung laut vorgelesen, aber ich hab' nicht immer Lust gehabt zuzuhören. Wir können schließlich auch lesen."
„Wer wir?"
„Die ganze blitzgescheite Gesellschaft an dem Tisch dort."
Kanervas Eigenheim war komplett auf den Kopf gestellt worden, aber es fand sich dort nichts außer Hundefutter, zumindest keine zweite abgesägte Flinte oder eine Kasse für die laufenden Kosten, wie bei dem Gauner, der sich hier vor meinen Augen wand. Mir fiel noch mehr zu Kanerva ein; mit Nachdruck hatte er mir gegenüber seine Ehrlichkeit beteuert, ebenso wie die Tatsache, daß er sich mit anständiger Arbeit ernährte.
Hatte der durch meinen Anblick verursachte Schreck übertriebene Ausmaße angenommen? Und was war aus dem Plan vom perfekten Verbrechen geworden, nachdem die Polizei den ehrlichen Menschen in der Gesellschaft eines Halunken angetroffen hatte? Und dann noch das brennende Interesse am Tod der Huuhtila.
„Wo warst du an dem Abend, an dem Inari Huuhtila starb?"
„Das bin ich schon gefragt worden. Am Stammtisch, und ich habe Zeugen."
„Natürlich."
„Zumindest Kanerva."
„Der kann nichts mehr bezeugen. War er bei euch am Tisch an dem Abend?"
„Mmhh. Ich habe angenommen, ihr hättet ihn deswegen

angequatscht. Er hat von einem Typen erzählt, der dir ein kleines bißchen ähnlich sieht, und der vor dem angeketteten Hund abhauen wollte. Vor diesem verdammt großen Hund, warst du das?"
„Hat er bis zum Schluß bei euch gesessen?"
„Yes, Sir. Bis Ladenschluß."
„Hat er getrunken?"
„So was merkt man sich doch nicht. Bei sich nicht und bei anderen erst recht nicht. Außer uns waren noch der Valkola Hara und dieser Siekkinen am Tisch. Wir haben lupenreine Alibis, die ganze Garde. Hat er dich erschreckt, der Köter?"
„Und Kanerva ist kein einziges Mal vom Tisch weggegangen?"
„Zum Pissen halt, aber sonst nicht. Er hätte es gar nicht geschafft, dieser Figur eins überzubraten. Darauf bist du doch aus. Allein für den Weg gehen schon wenigstens zwanzig Minuten in jede Richtung drauf, plus noch mal so viel für die Brutalitäten, also drei mal zwanzig Minuten. Also eine Stunde, aber das Pissen ist in fünf Minuten erledigt. Länger war keiner von uns weg, außer Siekkinen, weil er seine Alte beruhigen mußte. Am Telefon bei der Garderobe. Von uns hätte das keiner geschafft, und wenn er mit dem Taxi gefahrn wäre."
Ich fragte Jekku, woher er die Strecke von der Kneipe zum Tatort so gut kannte.
„Leicht zu schätzen. Ich kenn' die Gegend."
„Und Kanerva war mit dem Auto da, an dem Abend?"
„Ja. Er hatte es weiter weg geparkt, damit er keine Probleme mit den Bullen kriegt."
„Auf welchem Parkplatz?"
„Am Fußballplatz."
„Bist du sicher?"

„Logo. Sonst gibt's ja keinen Parkplatz, und er ist weit genug weg, daß man von da aus getrost wegfahrn kann, wenn man einen Schluck intus hat."
Jekkus Zungenfertigkeit war beispielhaft, zwischen alle möglichen Lügen schlich sich immer wieder die eine oder andere Wahrheit ein: Der Grund für den seltsamen Parkplatz des Chrysler wurde allmählich klar.
„Und außerdem, was ist schon dabei, wenn er sich für den Mord interessiert hat? Andere tun's ja auch, ihr zum Beispiel und jetzt dieser Välinen."
„Hast du ihn gekannt?"
„Bestimmt nicht. Bis jetzt hat mich niemand gefragt, wo ich an dem Tag war, aber das braucht ihr auch nicht. Ich sag's ungefragt: „Zu den drei Schlücken".
„Und zwar am Stammtisch?"
„Genau."
„Mit Siekkinen und Hara und Kanerva?"
„Ge ... Moment, verarsch mich nicht!"
„Paß auf, was du von dir gibst, Jekku!"
Er gehorchte mir, und bevor ich ihn in seine Zelle zurückbringen ließ, schwor er, daß die Flinte und das Geld von Kanerva stammten, und daß er mit halber Gewalt gezwungen wurde, alles an sich zu nehmen.
„Vor allem das Geld", sagte ich.
Nurkkala hatte Pate zur Aufbewahrung in die Kleintierklinik begleitet, nachdem der Hund eine Nacht im Präsidium herumgekläfft hatte. Nurkkala behauptete, die Niedergeschlagenheit und die Trauer des Tieres gespürt zu haben, und auf der Fahrt zu seiner neuen Station habe er sich sogar den Hals kraulen lassen. Ich glaubte Nurkkala kein Wort.
„Wie lange behalten sie ihn dort?"
„Zwei Wochen, und wenn ihn keiner will, dann geben sie ihm die Spritze. Und Jekku?"

Auch der hätte sich anstelle des Hundes hervorragend geeignet. Ich berichtete Nurkkala vom Produkt unserer Unterhaltung. Die Waffe war illegal, das Geld wer weiß wo stibitzt, und Jekkus Spitzeltips hatten sich in letzter Zeit in Grenzen gehalten. Davon abgesehen hatte er sich die eine oder andere Frechheit erlaubt.

„Also Anklage?"

„Na ja. Denken wir mal zwei Tage drüber nach."

Die Spurensicherung fand in Välinens Schuppen ein Stück Blech, auf dem sich Blut mit einer anderen Blutgruppe als der Välinens befand. Der Fleck war nicht alt. Er befand sich auf einem Streifen, der mit einer stumpfen Blechschere abgezwickt worden war und bedeutete unsere erste heiße Spur. Schon um unserer eigenen Stimmung wegen glaubten wir, daß ihn der Verstümmler verkleckert hatte. Davon abgesehen war es nicht mehr als recht, daß der Typ auch etwas eigenes Blut spenden mußte, wenn man bedachte, in welchen Mengen er es bei seinen Opfern vergossen hatte. Andererseits gehörte das erfreuliche Exemplar zur Gruppe 0+; wir verfügten kaum über die Kapazitäten, die Fünfzigtausend durchzugehen, die in dieser Stadt dieselbe Blutgruppe hatten. Das zweite Problem lag in der Frage, warum sich der Fleck auf dem Blech befand. Es konnte genausogut sein, daß uns der Zungenschneider zum Narren hielt, und es half unseren Ermittlungen auch nicht weiter, daß Inkeri Välinen von ihrem Mann wußte, daß er das eine oder andere Mal Kleidungsstücke im Happylady 52 gekauft hatte. Er hatte eben an seine Frau gedacht, und jetzt gab Välinens Witwe bereitwillig Interviews, in denen sie sich auf dem Plüschsofa präsentierte und immer wieder das vor ihr stehende silbereingefaßte Bild ihres seligen Mannes anfaßte. Vielleicht trug sie dabei sogar eine Bluse aus Inari Huuhtilas Boutique.

Die folgenden zwei Wochen verstrichen mit der von Raivinkimaa geleiteten „Routine“. Nurkkala brach sich bei der Weihnachtsfeier des Hauses zwei Rippen, als ihm die Seife aus der Hand glitt, und Peetus Klasse durfte im Lokalfernsehen den Hintergrundchor für eine Pizzareklame singen. Als Honorar erhielten sie je eine Pizza mit doppeltem Belag.

Ich verstrickte mich mit meiner Frau Leena am Unabhängigkeitstag in ein Wortgefecht, während wir im Fernsehen den Empfang im Präsidentenpalast anschauten. Der Grund lag nicht darin, daß wir nicht eingeladen waren. Oder doch?

LEENA KUNTSI: Nettes Kleid.

VESA KUNTSI: Total geschmacklos. Scheußlich.

L.K.: Als ob du etwas von Kleidern verstehen würdest.

V. K.: Scheußliches Kleid und scheußlicher Mensch.

L.K.: Du verstehst auch nichts von Menschen.

V.K.: Wieso?

L.K.: Willst du etwa das Gegenteil behaupten? Ich hab' das Gefühl, daß du einen großen Teil deiner Zeit mit Tomaten auf den Augen zubringst.

V.K.: Kann schon sein. Anders halt' ich es nämlich nicht aus. Diese Leute glauben wirklich im Ernst, das Land ginge ohne sie zugrunde. Die reißen sich tierische Gehälter, Vergünstigungen und Pensionen unter den Nagel, und dann stellen sie sich in Samt und Seide und mit ihren scheiß Orden an der Brust zur Schau, nur um zu zeigen: wir sind ganz was Besonderes. Glotzt nur, ihr Deppen und bewundert uns.

L.K.: Es gibt auch welche, die anders sind, mein Lieber.

V.K.: Nenn' mir einen einzigen!

L.K.: Der Präsident, und der da, den kenn' ich. Das ist ein Schriftsteller. Dem haben meine Gedichte gefallen, als ich sie zu Heim & Herd geschickt habe.

V.K.: Ach du liebes bißchen. Und das dort ist Uolevi Raade. Dem hat mein Altöl gefallen, als ich's zur Neste AG geschickt habe.
L.K.: Weißt du eigentlich, daß mir von deinen Witzen übel wird? Sie sind nichts anderes, als die Entladungen eines mißgünstigen Menschen. Du bist schon von deinem Grundcharakter her so verdammt unzufrieden und neidisch, daß du in einem fort versuchen mußt, jämmerliche Witze zu reißen, damit das nicht auffällt. Es fällt aber auf.
V.K.: Ohooh! Deine Gedichte haben ihm also doch nicht so gut gefallen.
L.K.: Misch dich nicht in Sachen, von denen du keine Ahnung hast!
V.K.: Man muß für alles offen sein.
L.K.: Von wegen. Du hast ja nicht mal für die Jungens etwas anderes übrig als Gekläffe. Wenn es nach dir ginge, bräuchten sie nichts anderes zu tun als ihre Spuren beseitigen und schlafen gehen. Und am Ende sind sie später mit ihren eigenen Kindern genauso pingelig!
V.K.: Wer ist denn hier pingelig? Die kümmern sich doch keinen Scheißdreck um ihren Krempel. Nicht für fünf Pfennig, und du hör auf, mich über Erziehung zu belehren!
L.K.: Irgendwie kommt man nicht drumrum, an die Geschichte zu glauben, daß ein Polizist immer ein Polizist bleibt, und wenn man ihn in Butter brät.
V.K.: Herrgott nochmal!
L.K.: Da brauchst du gar nicht fluchen.
V.K.: Mein Job hat damit nichts zu tun. Und außerdem sagt man das über Russen.
L.K.: Was?
V.K.: Das mit dem In-Butter-Braten. Und so doll ist dein Posten auch nicht, ich hab' bloß das Gefühl, daß du nichts anderes im Kopf hast. Und ich darf Vater und Mutter und

was weiß ich noch alles spielen. Aber bewundere du nur deine scheiß vornehmen Kleider. Mir reicht's, ich gehe.
L.K.: Geh nur!
V.K.: Wenn die eigene Frau wegen einem Präsidentenempfang Krach anfängt.
REPORTER: Die knöchellange Eleganz der Gattin des Parlamentspräsidenten trägt frühlingshaftes Licht in diese tiefwinterliche Dunkelheit.

Nurkkala schob den Stapel mit der Post näher zu mir, zog einen Stuhl unter sich und untersuchte die Bügelfalten seiner Werktagshose. Die kranken Rippen hinderten ihn daran, sich richtig vorzubeugen und somit zu sehen, daß die Bügelfalten unterhalb des Knies ähnlich kurvenreich verliefen wie die norwegische Küste.
„Noch zwei Wochen bis Weihnachten."
„Geht's dir besser?" fragte ich.
Er nickte und zog eine Grimasse. Der unterste braune Umschlag hatte DIN A 3 Format, irgend etwas an der Handschrift kam mir bekannt vor. Innen fand sich eine alte, muffig riechende, doppelt gefaltete Aquarellarbeit. Das Bild zeigte das Gesicht eines Mannes. Wer das sein sollte konnte ich nicht identifizieren. Die Farben waren schmutzig und verblaßt. Rechts unten waren die Buchstaben I.V. zu erkennen sowie eine winzige Jahreszahl, möglicherweise -77. Ich drehte das Bild Nurkkala zu.
„Der alte Välinen", meinte er spontan.
„Wieso?"
Auf der Schreibtischunterlage bog sich elastisch ein Zettel, mit einem auf die übliche Weise ausgeschnittenen Text: „Kriminalinspektor Kuntsi, Vesa Matias / Anbei sende ich Ihnen ein Aquarell, das Ihnen Freude machen wird. Den leblosen Körper des Mannes auf dem Bild beseitigten Sie an einem Sonntag im März vom Ufer des Vilkkajärvi. Genießen Sie das Bild nun in stiller Andacht und geben Sie es dann seinem Besitzer zurück, der begnadet künstlerisch begabten Witwe Inkeri Välinen. Die Zunge des Herrn V. kann ich leider nicht zurückgeben, da ich sie noch brauche. Schöne Weihnachten und ein erfolgreicheres Jahr 1992!"
„Jetzt schau dir das an!"
Das Kuvert trug den Stempel des Vortags und eine Briefmarke, die offenbar durchgerissen, dann aber mit Müh und

Not wieder zusammengesetzt worden war. Sie zeigte einen Skispringer.
„Er war nervös. Wir haben Välinen gar nicht an einem Sonntag gefunden. Der Kerl will geschnappt werden. Will und will nicht. Das ist einer von denen, die ein sauberes Leben Nummer eins leben und ein schmutziges Nummer zwei. So ähnlich wie der Würger von Boston."
„Warum nicht gleich wie der Mörder von Ritavuori."
„Sag mal, warum adressiert er das Zeug ausgerechnet an dich?"
„Hat wohl irgendwo den Namen hergekriegt. Vielleicht stand er unter dem Lehmbild oder irgendwo, keine Ahnung."
„Und wenn er ihn auf deiner Dienstmarke gelesen hat, als du ihn ausgefragt hast?"
„Ja, ja vielleicht. Oh Gott im Himmel, was für ein Schlitzohr. Ich lasse das hier untersuchen, für den Fall, daß hinter der begnadeten Begabung irgendein Dilettantismus zum Vorschein kommt."
Ich hielt das Bild vorsichtig am Rand, streckte den Arm aus und betrachtete es aus der Ferne. Es hatte vielleicht ein klein bißchen was von Välinen. Nach einer Weile gewann ich den Eindruck, jenen Välinen zu betrachten, der tot und krumm an dem Boot saß. Um die Mundgegend herum war die Wasserfarbe besonders unglücklich verschmiert, die Augen drückten keinerlei Lebensfreude aus und eigentlich auch kein Leben. Noch etwas länger, und ich hätte Angst bekommen; Inkeri Välinen hatte vor nahezu fünfzehn Jahren eine bemerkenswerte Zukunftsvision verewigt. Sie hatte eine schauerliche Innenansicht ihres Mannes auf das Papier geschmiert.
„Das ist doch so schlecht wie sonst was. Der hat das aus dem Rahmen rausgeschnitten, verdammt viel Zeit hatte

der.“
Raivinkimaa drückte die Klinke während er anklopfte. Sein von Geburt an bärbeißiges Gesicht leuchtete im Türspalt auf, die Furchen, die die Augen umrandeten, glätteten sich und kräuselten sich wieder, seine Prothese blitzte.
„Aha, die Herrschaften veranstalten eine Kunstausstellung. Hört zu, in einer Viertelstunde in meinem Büro!“
„Das hier ist eine Art von Kunst, die sogar dich interessieren könnte.“
Dem Boß blieb der Mund offenstehen. Seine erste Frage war, warum der Brief an mich geschickt worden war. (Weiß der verdammte Messerschwinger etwa nicht, daß ich hier die Ermittlungen in dieser Geschichte leite, dachte ich.)
„Gerade gekriegt.“
„Das ist allerdings ein wenig gelungenes Elaborat.“
Wenigstens einmal war ich mit Raivinkimaa einer Meinung, auch wenn er unseren ästhetischen Moment hartherzig unterbrochen hatte und uns abkommandierte, die Postsendung zur Spurensicherung zu transferieren. Ich sagte, auf die Idee wäre ich auch gerade gekommen. Raivinkimaa richtete sich auf seinen versteckten Absätzen auf und warf mir einen eisigen Blick aus dem Jenseits zu, bevor er aus meinem Verschlag verschwand.
„Jetzt ist auch die letzte Feder an deinem Hut dahin“, sagte Nurkki.
„Der ist doch bloß gekommen, um rumzunörgeln.“
„Ach wo.“
Diese eine Viertelstunde meines Lebens verging in rasantem Tempo. Draußen milderten die zwei Grad minus und der leise rieselnde Schneeregen die Strenge der Landschaft. Ich rief Nurkkala an, er solle allein zum Boß gehen.
„Wieso denn, du kannst doch nicht einfach fortbleiben!“
„Kann ich doch. Sag ihm von mir aus, daß ein Hinweis aus

Korpela gekommen ist, den ich überprüfen muß. Sag ihm, daß alle wahnsinnig beschäftigt gewesen sind, alle außer mir."

„Sag's ihm selber!"

Die Satsumas waren vom Boden des Lada weggeputzt worden, und der Kühlergrill und das linke Licht erstrahlten in neuem Glanz. Nicht einmal mehr der Geruch der Früchte war in der Nase zu spüren. Ich dachte an Raivinkimaas Büro und an all die Momente, die mich an den Rand der Verzweiflung und eines Nickerchens gebracht hatten. Waren denn meine professionellen Methoden nirgendwo anders so stabil wie im Büro des Chefs? In meiner überbetonten Antipathie mußte es dunkle, tiefenpsychologische Ebenen geben, die ich nicht analysieren konnte. Nicht konnte oder nicht wollte. Vielleicht glomm zwischen unseren Persönlichkeiten ein feindseliges Licht, vielleicht lag irgendein frühkindliches, traumatisches Erlebnis hinter mir, das sich nun so sehr in Jouko Raivinkimaa personifizierte, daß es mich aus der Fassung brachte.

Ich bog um das Aquarium von Schnapsladen und dachte, daß Raivinkimaa schlicht und einfach ein Scheißkerl war, und daß er sich nur dank des Schicksals im Organisationsschema über mir aufblasen konnte. Machte ich mich deswegen innerlich über seine versteckten Absätze und das Styling seiner Sakkos lustig?

In der Tasche raschelte Masas Weihnachtswunschzettel. Er hatte zehn Minuten gebraucht, um die ersten zwölf Wünsche aufzuschreiben. Auf halbem Weg dachte ich bereits an Kündigung, aber nicht länger als fünf Sekunden. Schließlich hatte ich eine Familie zu ernähren und Wünsche zu erfüllen - bei der Talfahrt des Haushaltsdefizites wurde bereits bei der geringsten Kündigungsabsicht unnachgiebig durchgegriffen. Kuntsi hält dem Druck der Arbeit nicht stand, natürliche

Auslese, ein Neuer wird nicht eingestellt.
Der Fußballplatz war verwaist und von einer zehn Zentimeter dicken Schneeschicht bedeckt. Ein Trampelpfad schlängelte sich vom Kiefernhügel her an der Längsseite des Platzes entlang und verschwand hinter der Umkleidekabine und dem Materialraum, ein anderer bog von der Haltestelle bei den Hagebuttensträuchern ab. Beide trafen sich ungefähr am Anstoßpunkt. Ich spazierte zu Inari Huuhtilas Sterbeort und blickte zur Schnellstraße, dann auf die Häuserfront des Viertels.
Das Gelände lag dermaßen offen, daß der Täter ein beträchtliches Risiko in Kauf genommen hatte, trotz des Regens und der Dunkelheit. Genauso sorglos hatte er auf Välinens Grundstück gewütet und uns die kleinen Päckchen zugeschickt. Falls ich tatsächlich schon einmal mit ihm gesprochen hatte - wie Nurkkala behauptete - warum war ihm dann bei der Gelegenheit nicht ein einziges Wort, das auf seine Schuld hindeutete, herausgerutscht - oder war ich unachtsam gewesen?
„Ist das dort Ihr Wagen?"
Der Bursche trug die rotgelben städtischen Gummistiefel und einen Overall, auf dessen Revers ein Wappen prangte. Auf den Schultern schleppte er einen Schlauch, dessen Ende am Wasserhahn beim Materialraum festgeschraubt war.
„Hier wird Eis für eine Schlittschuhbahn gemacht, das Auto ist im Weg."
Ich nickte und schickte mich an, den Pfad entlang zurückzustiefeln. Das Wasser quoll mächtig aus dem Schlauch, fiel aber gleich so schlapp herunter, daß bei dieser Geschwindigkeit das Eis für die Bahn erst Mitte Februar fertig geworden wäre. Plötzlich versiegte das Wasser gänzlich, die entstandene Pfütze hätte bestenfalls das Eislaufrevier für eine Mäusefamilie abgegeben. Ich grinste den Mann an.

„Von der Polizei?“ fragte er.
Wieso errieten das immer alle auf Anhieb? Lag in unserer Aura zuviel vom Blau unserer Amtsgewalt? Oder erinnerte sich der Schlauchmann an mein Photo? Ich nickte ihm zu und fragte mich, ob er beabsichtigte, mir den nächsten Schwall direkt in die Visage zu spritzen.
„Du bist nicht zufällig der, der den Fall mit der Frau aufklärt?“
„Wieso?“
„Ich will mich ja nicht aufdrängen, das darf man nicht falsch verstehn, aber davon war gar nichts in der Zeitung gestanden.“
Ich konnte nichts dafür, aber ich war ziemlich schlecht gelaunt. Die Stippvisite des Chefs hatte mir den Tag versaut, und ich hatte keine Lust, ein Informationsbüro aufzumachen. Dennoch wollte ich nicht gleich drauflos ballern; von der Polizei wurde ohnehin schon zu viel Schlechtes erzählt.
Der Mann ließ den Schlauch fallen und sagte, er sei der Platzwart.
Er zog den Handschuh von der Schlauchhand und suchte nach einer Zigarette. Gleichzeitig trat er das Eishockeyfeld der Mäusefamilie kaputt.
„Ich war abends hier, an dem Tag, als die Frau starb. Das heißt, ich mußte Überstunden machen, um den Traktor zu reparieren. Seit wir den gekriegt haben, macht der Schwierigkeiten. War gebraucht.“
„Na, da haben Sie ja ein breites Aufgabenspektrum.“
„Muß auch so sein. In der Werkstatt hätte er bloß einen Monat vor sich hin gerostet und wäre dann in noch schlechterem Zustand zurückgekommen. Also, ich weiß nicht, ob das irgendwie wichtig ist, aber ich habe in der Zeitung gelesen, daß diese Frau, wie ...“
„Huuhtila.“

„Genau, also daß sie ermordet wurde, als sie vom letzten Bus kam, und das ist ja auch wahr, weil es ja auch so geschrieben worden ist, und so spät war ich ja auch gar nicht mehr da. So verrückt bin ich auch wieder nicht, ich hab' nur die Zündkerzen geputzt und dann nix wie weg."
Er knetete den Gummihandschuh, nahm einen tiefen Lungenzug und trat wieder zu. Irgend etwas bedrückte ihn.
„So um halb zehn bin ich ruckzuck hier weg, oder um viertel vor. Mein Dienst ist um neun vorbei."
„Und dann?"
„Ich bin dort unters Dach, um ein paar Zigaretten zu rauchen, es hat ja dermaßen höllisch geregnet. Geregnet und gedonnert. Hier war niemand, aber den Burschen hab' ich mindestens zweimal gesehn."
„Was für einen Burschen?"
„Eigentlich kein Bursche. War ein erwachsener Mann, und der hatte es ganz und gar nicht eilig. Kein Regenschirm und gar nichts."
„Wie war er angezogen?"
„Mit so einem piekfeinen Anzug. Als würde er zu einer Feier gehen oder von einer kommen, und ich hab' schon ein bißchen genauer hingeguckt, ob er vielleicht einen in der Krone hat, oder so, aber nein. Erstmal hat er dort, ungefähr bei dem Lada, gestanden, und weil Licht gebrannt hat, konnte man den Anzug gut sehn. Viel Schwarz, bißchen Weiß und eine Fliege."
„Und beim zweiten Mal?"
Die Kippe landete unter dem Gummistiefel. Mit der bloßen Hand beschirmte der Platzwart seine Stirn und zeigte auf die Hagebuttensträucher.
„Da hat er dort gestanden."
„Bei der Haltestelle?"
„Genau, das heißt dicht bei den Sträuchern."

„Woher wissen Sie, daß es derselbe Mann war?"
„Na, weil ihn die Fernlichter von den LKWs angestrahlt haben. Ich wollte heimgehn und hab' das Garagentor abgeschlossen, und wie ich mich umdrehe, war er nicht mehr da. Vielleicht hat ihn einer mitgenommen, oder er ist einfach verschwunden. War das wichtig?"
„Daran habe ich nicht den geringsten Zweifel. Ist es vorstellbar, daß der Bursche auf den Bus wartete?"
„Auf den Bus und auf diese Frau?"
„Ehrlich gesagt, haben wir bereits vor einiger Zeit eine Beschreibung von einem gut angezogenen Mann bekommen. Warum haben Sie uns bis jetzt nichts davon erzählt?"
Er hatte es plötzlich eilig, sich eine neue Zigarette anzustecken, der Handschuh fiel zwischen die Gummistiefel. Und die Knirpsliga zeigte irgendwo am Spielfeldrand den Mittelfinger, weil das Eishockey-Saisoneröffnungsspiel immer weiter aufgeschoben zu werden schien. Der Mann sagte, er habe die Angelegenheit nicht für wichtig gehalten. Es habe einige Zeit gebraucht, bis er die Ereignisse mit dem Abend, an dem Inari Huuhtila zu Tode kam, in Verbindung gebracht hatte.
„Und außerdem hat mich auch keiner gefragt. Hier gehen so viele Gerüchte um, daß es schon mal passieren kann, daß man seine eigenen Erlebnisse mit irgendwelchen Gerüchten durcheinanderbringt."
„Wieviel Zeit verging zwischen der ersten und der zweiten Beobachtung?"
„Unmöglich, das auf die halbe Stunde genau zu sagen. Na ja, mehr als eine Stunde. Ob der die ganze Zeit im Regen gestanden hat und in dem Matsch?"
„Wie fuhren Sie nach Hause?"
„Mit dem Bus, aber der fährt drüben vorm Geschäft ab, weil, ich wohn' nicht in der Innenstadt."

„Wären Sie in der Lage, den Mann zu beschreiben?"
„So groß wie Sie ... also mittelgroß und untersetzt. Ziemlich normal, mal abgesehn von dem Anzug."
„Und die Haare und so?"
„Die haben natürlich schnurgerade runtergehangen bei dem Regen. Es gibt ja alle möglichen verrückten Typen, aber daß das genau derjenige gewesen sein soll. Scheiße, da graust es einem irgendwie. Ist das derselbe, der den Välinen umgebracht hat?"
„Das können wir noch nicht sagen. Aber sagen Sie, was machen Sie eigentlich mit einem Traktor auf einem Fußballplatz? Geht der nicht kaputt?"
„Rasenplatz und Hartplatz sind zwei verschiedene Dinge. Was hier unter dem Schnee liegt, das ist ein Hartplatz, und der muß mit dem Traktor abgezogen werden. Damit er gleichmäßig wird und die Bälle nicht wie wild in der Gegend rumspringen."
Meine letzte Frage schien ihm nicht zu gefallen, dabei zweifelte ich kein bißchen an ihm. Weder an seinen Worten noch an seinen Tätigkeiten, ich war einfach nur neugierig. Ich versprach, falls nötig auf die Angelegenheit zurückzukommen. Er nickte und drehte das Mundstück vom Schlauch; schallend strullte ein Wasserstrahl auf die rotgelben Gummistiefel - mehr kam allerdings nicht heraus. Insgeheim und ohne Vorwarnung tauchte immer einer vor mir auf, der etwas vom Zauber-Jim zu erzählen wußte. Oder von einem Verrückten, der seinen Smoking mit Regenwasser wusch; zwei Stunden Feinwäsche mit allen Chemikalien.

Raivinkimaa erwartete mich in meinem Büro. Ich erschrak ein wenig, war aber sicher, das verheimlichen zu können, ebenso wie meine überwiegend düstere innere Gemütsverfassung.

„Na, was führt dich denn hierher?“ fragte ich und warf die Jacke in den Schrank.
„Du bist also nicht gekommen, so wie vereinbart?“
Glücklicherweise saß Raivinkimaa nicht auf meinem Stuhl, sondern auf dem, der gewöhnlich unter Nurkkalas Kilos wimmerte. Das gab mir ein paar Sekunden Zeit zum Nachdenken, während ich mich hinter den Tisch begab und einige Papiere zur Seite räumte. Ich sagte, ich sei in Korpela gewesen.
„Und was zum Teufel gab es da jetzt auf einmal? Billige Zitrusfrüchte!?“
„Hat Nurkkala nichts gesagt? Wir erhielten einen Hinweis, dem bin ich nachgegangen.“
„Obwohl ich etwas Wichtiges zu sagen hatte? Sojakka und Kunnaala hätten ebenso gut hinfahren können.“
„Ach ja?“
„Was war das für ein Hinweis?“
„Ein Platzwart hat Inari Huuhtilas Mörder gesehen. Er schien sich sicher zu sein.“
Raivinkimaa wollte nicht auf den Gästestuhl passen. Seine Muskulatur zuckte nervös, das Zucken breitete sich schon bis zum Gesicht hin aus, und das war kein angenehmer Anblick. Ich war schon lange nicht mehr so ruhig und ausgeglichen - und gleichgültig gewesen.
„Hör zu, es ist mir scheißegal, was irgend jemand dort gesehen hat, und dir sage ich, daß die Angelegenheit Huuhtila und Välinen für dich beendet ist.“
„Tatsächlich?“
Die Nachmittagssonne färbte den Schnee auf dem Dach der Steuerfahndung rot. Aber ob sie aus diesem Winkel auch Raivinkimaas Gesicht rot färben konnte? Der Boß beschuldigte mich der Abweichung vom Dienstweg, des Ignorierens der Hierarchie und der „Mißachtung der für gut

befundenen funktionellen und operativen Methoden". Die gelbgepunkteten, dickbauchigen Fische auf seinem dunkelblauen Seidenschlips öffneten ihre Kiemen vor dem Ozeantürkis des Hemdes. Ein geschlossenes Gesamtbild. Kaum merklich nickte ich zu Raivinkimaas Ausbruch, wartete, bis er fertig war und blickte ihm in die Augen.
„Ich finde, du gehst zu weit. Das alles müßte erstmal bewiesen werden."
„Ich weiß doch, Kuntsi, daß du mich schon seit Jahren in dieser Abteilung für völlig überflüssig hältst, aber ich habe mich dennoch bemüht, dir entgegenzukommen und die Sache zu klären. Das will aber offenbar nicht gelingen. Du machst doch bloß weiter mit deinem frechen Benehmen und tust so, als würdest du die gesamte Abteilung anführen. Noch bin ich nicht so senil, daß ich so etwas nicht merken würde."
„Ich weiß nicht, wovon du redest."
„Fast hätte man sogar auf den Gedanken kommen können, daß du absichtlich am Tatort vom Mord an der Huuhtila herumgestolpert bist."
„Du hast es aber nicht gedacht?"
„Als hätten wir nicht schon genug Arbeit damit, diesen Verrückten zu schnappen. Ich habe mir gedacht, daß es von allgemeinem Vorteil wäre, dich aus diesen Ermittlungen abzuziehen. Hauptverantwortlich ist sowieso die KRP. Hier wird sich damit nicht mehr beschäftigt, außer bei Bedarf und in einer Ausnahmesituation."
„Und Nurkkala?"
„Nurkkala wechselt sein Aufgabengebiet nicht, soll aber auch nicht mehr ganztägig auf den Zungenmann anlegen."
„Auf wen?"
„Und wenn du deine Einstellung nicht änderst, dann werde ich eine völlig neue Gangart einlegen. Eine, die du dir nie-

mals hast träumen lassen."
Raivinkimaa erhob sich vom Stuhl, deutete mit dem Finger auf mich und knallte mit der Stirn gegen den Holzzapfen der Hutablage. Ich wartete, daß er „ist das klar" oder „verstanden" sagte, aber sein Mund blieb zusammengekniffen. Im Türrahmen drehte er sich trotzdem noch einmal um und sagte, er habe mir einen Auftrag auf den Schreibtisch gelegt. Den Zettel hatte irgendein Dorfpolizist hinter der Wolfgrenze namens Glan unterschrieben, und es wurde darauf um Hilfe für was weiß ich was gebeten. Ich las es nicht, ich hatte auch nicht vor, es zu lesen. Ich wandte mich zum Fenster und fragte mich, ob ich immer noch ruhig und ausgeglichen war. Ich war es.

Es war dunkel, in den Häusern ringsum wurde noch geschlummert. Dies war bereits die fünfte Nacht in Folge und zugleich die leichteste. Der Schlaf war sofort gekommen, der Schlafsack hielt die Kälte fern, und die beiden gegen das Balkonfenster gelehnten Weihnachtsbäume vermittelten ein Gefühl von Wald. Er setzte sich, sah auf die Uhr und zählte die zwölf Minuten bis zur Ankunft des Müllautos, das den frühmorgendlichen Frieden zerstörte.
Die hart gefrorene Geländeplane, die er über das Balkongeländer gehängt hatte, vermittelte kein Gefühl von Wald, war aber immer noch besser als das weiß gestrichene Blech, das zudem bereits angerostet war. Die Wohnung befand sich im obersten Stockwerk des Hauses, der Schnee, der sich über den Rand der Dachrinne wölbte, würde bei einem Temperaturanstieg sofort abbrechen. Die Nachbarn hatten nichts gesehen. Allerdings kümmerte er sich um die zu allerletzt. Die über achtzigjährige Alte, die nebenan wohnte, war hochgradig stumpfsinnig, Dummheit und innere Unordnung gab es Treppenhaus für Treppenhaus mehr als genug, Tür für Tür.
Der Müllfahrer rangierte geschickt rückwärts an einer Laterne vorbei und steuerte direkt neben die Kübel, sofort roch es nach Diesel. Er schob sich ein großes Stück Blockschokolade in den Mund und beobachtete den Müllmann mit dem Fernglas. Keine überflüssige Bewegung, kein schlecht gelauntes Scheppern (Geräusche entstanden allerdings schon), auch keine Nachlässigkeit. Dennoch verlieh das betrübte Gesicht des Mannes dem Geschehen eine seltsame Spannung. Der hydraulische Schlund schluckte den Abfall in den eisernen Magen des Müllwagens; vielleicht verabscheute der Mann seine Arbeit so sehr, daß er sie so schnell wie möglich erledigen wollte, vielleicht depremierten ihn all die gebrauchsfähigen Sachen, die weggeworfen wur-

den. Und bald würden die Leute aufwachen und in endlosen Scharen neue kaufen.
Er schneuzte sich die Nase, verfolgte, wie der Müllfahrer sich entfernte und richtete das Fernglas dann auf jene Fenster, in denen bereits Licht brannte. Leute, die früh zur Arbeit mußten, zogen die Vorhänge zur Seite, spähten nach dem Thermometer und streckten sich. Einer öffnete den Kühlschrank, ein anderer ging von einem Zimmer ins andere ohne zu begreifen, an welchem Tag er lebte, und vor allem nicht, warum er lebte. Aber die Antworten wurden spätestens vor dem Haus gegeben, wenn sie sich alle in die frommen Startrituale bei ihren Autos vertieften, in das Kratzen auf der Windschutzscheibe und das Aufwickeln der Heizkissenkabel. Tausend Kilo Metall, Gummi, Plastik, Rohstoffe und Brennstoff, ein Passagier, Abgasschleier und Staus.
Er setzte den Rucksack auf und ging ins Wohnzimmer. Durch die Fichten hindurch sah man nicht viel, aber schließlich war der Balkon auch als eine Art arktisches Amateurlabor gedacht. Er zog sich aus, brachte seine Klamotten in die Kammer und rollte den Schlafsack bis zur nächsten Nacht zusammen. Nachdem er den Rucksack im Proviantlager abgestellt hatte, kippte er ein Zwetschgenwasser und drehte im Bad den Wasserhahn auf. Irgend jemand trabte die Treppen hinunter, irgendwo schepperte die Klappe eines Briefschlitzes, der Klang und das Getöse des sozialen Lebens wurden stärker. Nach den Liegestützen lag er in der Wanne und ließ in der Stille seine Erinnerungen, Träume und Pläne vorbeiziehen. Daher wirkte die Türklingel ausgesprochen unangenehm. Er streckte sich nach dem umfangreichen Reklameheft eines Sportgeschäfts auf der Waschmaschine und fing an, die Rubrik Körperaufbau zu studieren. Drückbank + Untergestell, Hebehöhe verstellbar. Die Klin-

gel. Als Flach- und Schrägbank verwendbar. Die Klingel. Paket incl. verchromter Stahlstange, 2 Metallverschlüssen und Vinylscheiben. Die Klingel, die Klingel. Er packte die Broschüre mit zwei Händen und riß die braungebrannte, mit einem roten Trikot bekleidete Frau entzwei. Die Klingel, die Klingel! Da mußte einer entweder besonders dumm oder sich zumindest seiner Sache sehr sicher sein.
Er warf sich den Bademantel über die Schultern, schob die Fetzen des Heftchens zur Seite, ging tropfnaß zur Tür und schaute durch den Spion. Im Flur war niemand zu sehen, aber die Klingel gellte erneut. Er öffnete die Tür einen Spalt und legte die Hand auf den Verschluß der Sicherheitskette, verwundert darüber, daß noch immer niemand zu sehen war. Aus dem Treppenhaus war schweres Atmen zu hören und ein seltsames Schnalzen, aber wo sollten Tiere gelernt haben, eine Türklingel zu betätigen.
Jetzt schaute er genau hin und sah Moose Kovanen nahezu unmittelbar an der Tür sitzen; seine Hand hatte er zur Klingel nach oben gereckt, die Augen des Geisteskranken starrten irgendwo in Richtung unterer Treppenabsatz. Moose, der Steginstallateur, Moose, diese Schnapsidee der Natur. Plötzlich begriff er, daß sich die Tür öffnete und kroch behende weiter, während er gleichzeitig eine freudige Miene auf seinem verwachsenen Gesicht organisierte. Moose sah aus wie eine Klobürste, die unter einen Zug geraten war; hatte er sich bis hierher durchgegraben, oder war er vom Himmel gefallen?
„Moose, komm rein!"
Er trug dieselbe alte, solide Lodenjacke und die Kunstpelzmütze, aber anläßlich der Reise in die Stadt hatte er sich mit lächerlich strammen und absolut altmodischen Breeches samt Stiefeln fein gemacht. Sein Gepäck schien aus einer schmutzigen Plastiktüte zu bestehen.

„Na, nun glotz nicht in der Gegend herum, komm rein, Moose! Ich kenne dich doch!"
Er konnte einfach nicht begreifen, wie Moose hier hatte herfinden können; mit seiner Umzugsannonce hatte er sowohl Glan als auch die Steuerbeamten in die Irre geführt, und das Auftreten unter anderem Namen hatte hier, Hunderte von Kilometern entfernt, bis jetzt ohne Schwierigkeiten funktioniert. Oder unter mehreren anderen Namen, je nachdem. Am Briefkasten konnte man nicht mehr als einen Namen behalten und bei zwei Behörden sogar nur den einen echten, aber es gab viele Briefkästen, die man nennen konnte wie man wollte. Das war dieser Gesellschaft nur angemessen; hoffentlich würde es dazu führen, daß die Beamten irgendwann einmal aufeinander stießen, und wenn sich das Durcheinander aufklärte, würden sie sich wundern.
„Hör mal, ich war gerade im Bad. Vielleicht kannst du einen Moment warten; wie um Himmels willen bist du hierhergekommen, Moose?"
So groß wie ein Zwerg, stand Moose auf dem Fußabstreifer und wechselte von dort mit zwei Schritten unter die Hutablage, als befürchtete er, etwas auf den Kopf zu bekommen. Er nahm den Ärmel der Sturmjacke, die am Haken hing, versteckte dahinter die untere Hälfte seines Gesichts und ließ seine Augen schmaler werden.
„Jetzt sei nicht so schüchtern! Schließlich bin ich dein ehemaliger Nachbar, du bist hier schon richtig. Komm raus da! Bist du müde, oder hast du Hunger?"
Mooses Stiefel tastete erneut nach dem Fußabstreifer, und bald darauf traute er sich, wieder zum Vorschein zu kommen. Er nickte und ließ die Plastiktüte auf den Boden fallen. Moose sonderte den Geruch von feuchtem Wald und morschem Holz ab; unter der Jacke trug er ein schwarzes Trikot mit rotem Kragen, auf dessen Rücken die Aufschrift

„Die Ballzwerge“ zu lesen war. Die Mannschaft war zu Beginn der sechziger Jahre plötzlich eingegangen, weil es ihnen an Sponsoren mangelte, und der letzte Sargnagel war der Brand des Tanzbodens als einziger Einnahmequelle gewesen. Er lächelte Moose zu, als er sich daran erinnerte.
„Setz dich! Ich wasche mich und zieh mir was an. Geh von mir aus ins Wohnzimmer oder in die Küche, fühl dich wie zu Hause!“
Im Badezimmer zog er den Stöpsel aus der Wanne, drehte die Dusche an und seifte sich ein. Was steckte dahinter? Es schien wider alle Vernunft, daß Moose imstande sein sollte, allein in öffentlichen Verkehrsmitteln zu reisen. Er konnte sich ja nicht mal eine Fahrkarte kaufen, geschweige denn rechtzeitig zu einer Haltestelle gehen, um auf den Bus zu warten. Ein Mann, den man in der Kaste der Dorftrottel hielt, und dem selbst einer, der mit eher kläglichem Selbstbewußtsein ausgestattet war, direkt ins Gesicht lachte. War Moose von jemandem geschickt worden? Von jemandem, der meinte, hier ein raffiniertes Szenario ablaufen lassen zu können, von jemandem ganz in der Nähe?
Er ließ das Wasser laufen und drückte ein Ohr an die Tür. Dann schlüpfte er in den Flur, aus dem Moose immerhin schon mal verschwunden war. Und wie war dieser Teufel dazu gekommen, in aller Frühe das vierblättrige Kleeblatt seiner Türglocke zum Klingen zu bringen?
Er spähte ins Wohnzimmer, keine Spur von Moose. Die Plastiktüte lag an derselben Stelle, an der sie Moose aus der Hand gefallen war.
Der beste Saunaquastenbinder seines ehemaligen Wohnorts saß in einem selbsterfundenen Lotussitz unter dem Küchentisch auf dem Fußboden, den Rücken halb der Tür zugewandt und löffelte aus einer schwarzen Tasse einen Rest Haferbrei von gestern. Konzentriert schöpfte er den Brei

und schaukelte autistisch oder auch nur vor Genuß hin und her. Kalter, zäher Brei - der mußte wirklich Hunger haben! Er entfernte sich von der Tür, schlich ins Bad zurück und trocknete sich ab. Konnte Moose dermaßen famos schauspielern - nie und nimmer! Der stillte nur seine einfachen Bedürfnisse, und schon bald würde er aus dem Zwerg herauskriegen, wie er auf die Idee verfallen war, hierher zu kommen. Irgendeine Erklärung mußte es geben. Nach dem Zähneputzen und Rasieren betrat er erneut den Flur. Die Breitasse war auf die Spüle gestellt worden, alles war gegessen und geschluckt, den Löffel hatte Moose auf dem Fußboden vergessen.

„Moose!“

Und Moose lag in Embryonalstellung auf dem Sofa und schlief den verdienten Schlaf des Reisenden. Als er das sah, kam es ihm noch kurzsichtiger vor, infame Absichten zu vermuten. Der war nur gekommen, um einem alten Nachbarn Guten Tag zu sagen. Eigentlich war Moose der erste Gast seit dem Umzug in die Stadt, und deswegen konnte er ihm keine Vorwürfe machen. Mooses halboffener, verunstalteter Mund nuckelte in Traumwelten an der Mutterbrust, beide Hände waren niedlich unter eine Wange geschoben.

Moose wachte erst am Nachmittag gegen drei Uhr auf. Inzwischen hatte er seine Eindrücke von der vergangenen, auf dem Balkon verbrachten Nacht aufgeschrieben und war die Liste der Ausrüstung durchgegangen, die er in den Rucksack gepackt hatte. Ob etwas zu viel war, oder ob er etwas Wesentliches vergessen hatte. Karten, Kompaß, Taschenlampe, Ersatzbatterien und Brenner, Zelt, Schlafsack, Kleidergarnituren, Streichhölzer, Proviant, Hieb- und Stichwaffen ... das Gepäck durfte nicht mehr als dreißig Kilo wiegen.

Moose winselte, rollte sich an den Rand des Sofas und streckte seine kurzen Arme aus. Einen Augenblick lang schien er zu überlegen, wo er sich befand, verzog seinen Mund dann aber zu einer Grimasse, die man als Lächeln interpretieren konnte. Mit Gesten und Kehllauten brachte er die Frage zum Ausdruck, wo er zum Pissen hingehen könne.
„Die Tür dort, die einen Spalt offen ist. Bist noch schlapp? Kannst auch duschen, wenn du willst. Ich koche uns jedenfalls mal einen Kaffee, dann unterhalten wir uns ein bißchen. In Ordnung?"
Moose verrichtete sein Bedürfnis, wobei sein Winseln in ein kindliches Schnurren überging. Sang er? Aus der Kammer holte er ihm einen hohen Hocker als Sitz und bot sich an, ihn hinaufzuheben, aber der Zwerg fuchtelte mit den Händen und kletterte geschickt wie ein Affe hinauf. Eine Hand streckte sich nach der Zuckerdose und legte ein Stück auf die Zunge, ein öldicker Film des Wohlbehagens bedeckte die Augen.
„Ich kann einfach nicht aufhören mich zu fragen, wie du hier hergefunden hast. Kannst du das zum Ausdruck bringen, Moose?"
Das konnte er nicht. Sein Blick fing an, die leeren Küchenwände entlangzuwandern, bis er in der Gegend des Fensters anhielt. Wie nahm er wohl wahr, was er sah, welche Assoziationen konnte er bilden, oder war nach dem gewohnten ländlichen Milieu hier alles so groß und erstaunlich, daß seine sowieso schon mangelhaften Rezeptoren völlig betäubt waren? Wenigstens schmeckte es ihm, dem armen Wicht.
„Machen wir es so, daß ich dich nach Alternativen frage ... also verschiedene Dinge, und immer wenn ich richtig liege, dann nickst du einfach mit dem Kopf. Wenn nicht, dann machst du so."

Moose nickte eifrig, der Zucker klapperte zwischen den Kiefern, und die Tasse schien sich geleert zu haben. Er goß ihm nach und versuchte herauszufinden, wie er in das innere Labyrinth des anderen eindringen konnte. Denn bei Lebewesen dieses Niveaus handelte es sich um Labyrinthe; um Irrgärten, bei denen man nicht wissen konnte, wie es um die Ausgänge bestellt war. Mooses Stummelhand grapschte nach einem Stück Biskuitrolle, sein Geschmatze war schwer mitanzusehen und mitanzuhören, obwohl es ehrlich gemeint war. Zuvor war ihm nicht aufgefallen, welch seltsame Ohren Moose von seinem Schöpfer erhalten hatte. Das linke war eigentümlich gerollt, das rechte hing da wie ein Wirsingblatt.
„Weiß denn irgend jemand, daß du hier bist?"
Moose schien nachzudenken, die Kuchenfüllung sickerte aus den Mundwinkeln.
„Also wer?"
Der Zeigefinger zielte über den Tisch hinweg und schnellte sofort zurück zur Brust des Ballzwerge-Trikots.
„Ich meine nicht mich selbst. Und auch nicht dich. Du bist ein Schelm, Moose. Weiß außer dir und mir irgendein Außenstehender, ein Dritter davon? Gut, das habe ich mir fast gedacht. Na, wie bist du dann hier hergekommen? Mit dem Zug? Mit dem Bus, gut. Aber woher hattest du die Adresse? Von den neuen Hausbewohnern?"
Moose nickte zustimmend und bat um mehr Kaffee.
„Moment mal. Von denen konntest du überhaupt keine Adresse bekommen, weil ich ihnen eine falsche Adresse dagelassen habe. Falsche Stadt und falsche Straße, die Adresse war, offen gesagt, für'n Arsch. Und vom Polizisten, von Glan? Natürlich nicht, mit dir würde der gar nicht reden. Also Moose, ich wundere mich wirklich, auch wenn es schön ist, daß du vorbeigekommen bist. Machen wir noch einen

Versuch ... lesen kannst du doch nicht?"
Moose schüttelte den Kopf, schien mürrisch zu werden und schwang sich vom Hocker. Er wackelte in den Flur und holte die Plastiktüte.
„Was hast du da? Ich habe keine bösen Absichten, Moose, ich will es einfach nur wissen und bin ein klein bißchen ungehalten und laß mich von dir nicht auf den Arm nehmen. Begreifst du das, mein Freundchen? Bist du mir irgendwie gefolgt, damals, Ende des Sommers, als ich umzog? Ja?"
Mooses Mondgesicht hellte sich auf, und sein Kopf nickte zweimal.
„Jetzt verstehe ich überhaupt nichts mehr. Hast du mir nachspioniert ... im Umzugsauto, im Lieferwagen! Oh gottverdammte Scheiße, Moose! Bist du in den Wagen geschlüpft, als ich die Sachen aufgeladen habe, einfach hinten rein? Hast du dich versteckt?"
Das Nicken wollte gar nicht mehr aufhören. Moose bedeutete ihm, mit ins Wohnzimmer zu kommen, öffnete dort die linke Tür der Kommode und schlüpfte hinein. Es war unglaublich, daß er dort hineinpaßte.
„Verdammt noch mal, so also, Freundchen!"
Er schlug die Tür zu und drehte den Schlüssel um.
„Das war ein gewagtes Unterfangen. Schwer zu glauben, aber schließlich sehe ich, was ich sehe, und du kleiner, ungezogener Bengel hattest wohl nichts besseres zu tun."
Er erklärte, daß Moose doch schön brav hätte fragen können, ob er mitfahren dürfe, und daß das bestimmt großartig gepaßt hätte. Nur eine ehrlich Bitte, aber diese heimliche Schleicherei gereichte keinem zur Ehre. Das war wider die gesunde Menschennatur, und manch einer war schon wegen Geringerem in Schwierigkeiten geraten. Moose hämmerte von innen gegen die Tür und röchelte. Er öffnete die

Tür und half dem kleinen Mann heraus.
„Und als ich die zweite Fuhre abholte, da bist du irgendwie raffiniert mit zurückgekommen und dann zu deinem Häuschen geschlichen?"
Moose glitt an ihm vorbei in den Flur und wollte sich die Lodenjacke anziehen.
„Jetzt ärgere dich nicht wegen einem Spaß! Ich bin dir doch gar nicht böse, du brauchst keine Angst zu haben. Hängen wir die Jacke schön wieder hin, so. Wie zum Teufel hast du es bis hierher geschafft, auch wenn du den Ort gekannt hast?"
Moose war damit einverstanden, seinen Aufbruchswunsch fallenzulassen und zog eine ermäßigte Bahnkarte aus einer Jackentasche. Er war sichtlich stolz darauf.
„Im Schlafwagen?"
Jetzt nickte er gefügig und hielt die Hände gegen die Wange wie vorhin auf dem Kissen.
„Na, da bist du ja viel cleverer als ich geglaubt habe. Und das Geld für die Fahrt hast du dir von deiner Rente abgespart? So kompliziert ist das gar nicht. Ich bin hier einfach derjenige, der nicht drauf gekommen ist."
Die Karte verschwand in der Tasche. Moose trat neben ihn und starrte ihn mit zur Seite geneigtem Kopf an, irgendwie dankbar. Langsam waren aus seinem Mund wieder Laute zu vernehmen.
„Von wegen mit dem Schlafwagen! Das kannst du nicht. Aber irgendwie anders. In irgendeinem Winkel oder in einem Koffer, das werde ich nie rauskriegen."
Mooses Hand streckte sich zaghaft nach seiner Schulter. Er packte die feuchten Finger, Mooses Griff war fest und in seinem Gesicht erstrahlte ein schwerverständliches Licht. Verrückt, total verrückter Moose. Als Mitbringsel hatte er ihm eine Dose zerstampfter Preiselbeeren mitgebracht, in

der Plastiktüte schien noch ein weiteres, plattes, in weißes Packpapier eingewickeltes Geschenk zu stecken, das Moose nun aufzureißen begann.
Draußen hatte die Dämmerung eingesetzt, es war die finsterste Zeit des Jahres. Die Leute kamen von der Arbeit, die Aufzugtür jammerte, das Treppenhaus erdröhnte vom Knallen einer Tür, und ein Klavier klimperte. Absolut unglaublich, dieser Moose Kovanen. Gewiß, man hielt ihn für soweit bei Verstand, daß er nicht in der Abteilung für geistig Behinderte wohnen mußte. Möglicherweise hatte der Kerl mehr im Hirn, als er geglaubt hatte. Solche wie der konnten so manch raffiniertes Ding hinter ihrer scheinbaren Hilflosigkeit verstecken, und mit den Jahren entwickelten sie Fähigkeiten und Tricks, mit denen sie ihre Mängel kompensierten.
Er erinnerte sich noch gut daran, wie das Installieren des Stegs von der Hand ging, und wenn sie Moose in der Dorfkneipe auch kein Bier gaben, so konnte er wenigstens die Jukebox bedienen und Bajazzo spielen, indem er auf einen Stuhl kletterte. Und bei den Männern - allerdings nicht in seiner Gesellschaft - saß der kleine Kerl wie bei sich zu Hause, mit einem Polster unterm Arsch, ohne ein Wort zu sagen, aber wachsam das Treiben und das Gerede beobachtend. Wenn Moose in der Kneipe auftauchte, störte das niemanden.
Das Packpapier war auf dem Fußboden ausgebreitet. Stolz präsentierte Moose ein ovales Stück Birke, dessen Ränder er mit einem Stecheisen eingekerbt hatte. Das Motiv selbst stellte eine gewöhnliche Landschaft dar, einen Horizont und einen Wald mit gezackten Bäumen, es gab sogar einen See. Dafür, daß Moose sie angefertigt hatte, war die Arbeit äußerst verständlich und warum nicht auch gekonnt. Am unteren Bildrand stand ein Strichmännchen mit gen Himmel

gestreckten Armen. Zu Füßen des Betenden ruhte ein länglicher Kasten, auf dessen Kopfende und Seite Moose aus Gründen der Verständlichkeit ein Kreuz hinzugefügt hatte. Das war echte Volkskunst, die Konturen waren mit effektiver und verläßlicher, selbstgemachter Mennige verstärkt. Schade, daß Moose keine Zunge besaß, mit der er von seinem Arbeitsprozeß erzählen konnte.
Auch jetzt quakte er nur jämmerlich und zeigte auf die Rückseite des Gemäldes. Dort war mit durchsichtigem Klebeband der Schlüssel zum Erdkeller befestigt.

Masa blickte hinter sich, vergaß die Haltung, die ich ihm beigebracht hatte und knallte mit der Hüfte aufs Eis. Der Schläger glitt ihm aus dem Handschuh, und sein Helm kullerte neben ihn. Ich kurvte zu Hilfe.
„Hat's wehgetan?"
„Dreimal darfst du raten."
Ich half ihm auf und massierte vorsichtig sein Bein, wobei ich ihn für seine gewaltigen Fortschritte im Schlittschuhlaufen lobte. Noch zwei Jahre, dann würde er Pirouetten wie Mölli hinlegen und hätte Tricks drauf, mit denen er alle Verteidiger stehen lassen würde.
„Was für ein Mölli?"
„Keinonen. Der lauerte immer so an der blauen Linie, bekam von Wahlsten eine harte Vorlage genau auf den Schläger, schon war er den Kanadiern entwischt, der Keeper war kein Problem, und schon hat's geklingelt. Fünf zwei. Fünf zwei haben wir die Holzfäller geschlagen, und ich konnte in der Nacht nicht einschlafen, obwohl ich um acht in die Schule mußte."
In Masas Augenwinkel schwoll eine Träne, tapfer biß er die Zähne zusammen und hob seinen Schläger auf. Peetu beobachtete mich mit schiefem Helm und stieß kalten Atem aus. Zum ersten Mal in diesem Winter war er mitgekommen - und zum letzten Mal, wenn ich es recht vorhersah.
„Wer sind die Holzfäller?"
„Na, die Kanadier natürlich. Machen wir weiter?"
Peetu stocherte den Ball aus dem Begrenzungswall, brachte ihn mit einem Stoß ins Rollen und stolperte ihm mit wakkelnden Kufen hinterher. Ich nahm einen langen Anlauf, scherte in die einzige Richtung, in die ich konnte und bremste so vor Peetu, daß die Eisnadeln über seine Schlittschuhe spritzten.
„Mann, du bist echt stark", lachte er und schlug mir mit

dem Schläger gegen das Knie. „Und da haut ein Holzfäller Mölli zwischen die Beine, o weh Mölli!"
Masa stand als Keeper da und ließ den Rotz laufen, vom Eishockeyfeld waren das Krähengekrächz und die rohen Flüche pubertierender Knaben zu hören, die mit ihren Schlägern auf dem Rand der Spielfeldbegrenzung herumhackten.
„Probiert es wenigstens! Ich bin vierzig, und ihr habt keine Chance", predigte ich.
Peetu angelte sich die Kugel, ich gab ihm ungefähr eine Sekunde Vorsprung. Er beschleunigte, verhedderte sich und fiel auf die Schnauze. Der Ball rollte zwischen ein paar Schneehaufen. „Peetu heult", rief Masa.
„Wir haben gewonnen. Drei eins. Aus dir wird nix, du bist überaltert. Geh in die Veteranenliga, Papa!"
„Das wird das Beste sein."
Sie brachen in einen Siegestanz aus, der auf den Schlittschuhen nicht ganz so funktionierte, wie gewünscht. Masa fing an, mich mit Schneeklumpen zu bombardieren, und steckte damit seinen großen Bruder an.
„Mölli, Mölli, Mölli!!!" tönten sie und drängten mich an den äußersten Rand des großen Feldes zurück, wo ich zum Gegenangriff ansetzte und die Kerle in eine Schneewehe schmiß.
„Das würd' mich auch nerven, wenn ich drei eins verloren hätte!"
„Holzfällermölli!"
„Totale Scheiße!"
„Hier wird nicht geflucht, Jungs!"
Mit einem Mal gingen die Scheinwerfer aus, mitten aus der Finsternis rauschte mir ein Schneeklumpen genau auf die Nase. Ich schlug ihnen einen Waffenstillstand und Friede vor und gab zu, in allen Disziplinen versagt zu haben. Eine Zeitlang sahen wir überhaupt nichts.

„Wär' das immer so, wenn's keinen Strom gäbe, Papa?" fragte Masa und kroch aus dem Schnee.
„Du wirst doch keine Angst haben! Dunkel wäre es dann natürlich. Noch gar nicht lange her, da gab es noch gar keine Kunsteisbahnen. Und die Leute hatten keine Zeit zum Schlittschuhlaufen."
Masa kam zu mir gefahren und schlang die Arme um meine Hüften. Die Lichter der Autos auf der Straße neben der Eisbahn stachen Lichtkegel in die Finsternis, im Hintergrund flackerten elektrische Kerzen und Plastiksterne in den Fenstern der Wohnblocks, auf einen Schlag waren wir von einer weihnachtlichen Atmosphäre umgeben.
Auf dem Nachhauseweg hob Peetu seinen Schläger und schoß ein Serienfeuer in die Luft, sein kleiner Bruder maulte über die Eisnadeln, die an seinem Handschuh hängengeblieben waren und blieb nach jedem Schritt stehen. Er fiel in den Schnee und rief, er könne nicht mehr, auf seine Wangen ergoß sich das Laternenlicht. Ich drehte mich um und beruhigte ihn. Ich sagte ich könne schon lange nicht mehr, und zwar in jeder Hinsicht, aber wegen der Heinzelmännchen lohne es sich, es wenigstens zu versuchen. Die seien nämlich abends besonders rege und schrieben in ihrem Notizbuch alles auf, was sie sähen. Morgens und abends.
„Es klingelt, klingelt in der Kasse, in der Kasse, es klingelt, klingelt in der Kasse, in der Kasse vom Schnapsladen!"
„Das hören sie auch."
Peetu warf sich an derselben Stelle wie Masa auf den Bauch und ballerte von der Flanke, mit der Absicht, auch noch das letzte Heinzelmännchen des Feindes auszuradieren.
„Hast du in meinem Alter noch an diesen Heinzelmännchenquatsch geglaubt?"
„Ich glaube immer noch dran. Kommt jetzt!"
„Logisch, du bist ja selber eins."

„Wollt ihr hier vielleicht festfrieren? Steh jetzt auf, Masa!“
„Sie kommen aus einer anderen Galaxie“, überlegte Peetu mit schneeverschmierter Visage und gab nur noch einzelne Schüsse ab. „Ihr Raumschiff befindet sich hinter Pluto. Der Kapitän ist der Weihnachtsmann. Weißt du, was sie im Raumschiff zu Weihnachten essen?“
„Dich.“
„Nein, eine Sau. Also Dich.“
Zufrieden mit seiner Offensive, stand Peetu auf und trabte zu Masa, um ihn aus dem Schnee zu zerren. Kurz darauf hatten sie sich gegenseitig an der Gurgel, wälzten sich, schrieen und rutschten in einer Schneewolke den Hang hinab, wobei sich Lachanfälle mit Flüchen vermischten. Hatte ich ihnen das beigebracht? Ich riß sie auseinander und sagte, daß ich an diesem Abend keinen Fluch mehr hören wolle.
„Zwei Kerle aus einer Mannschaft kämpfen doch nicht gegeneinander. Ich habe geglaubt, ihr würdet euren Sieg feiern.“
„Der da hat angefangen. Ich wollte ihm bloß helfen, damit er nicht einfriert. Der fängt immer an, als wären die Kleinen irgendwie besser und als hätten sie das Recht dazu. Aber gut, dann helf ich eben nie mehr“, lamentierte Peetu und rannte los.
Oben war er bereits in Schrittempo gefallen, schaute sich aber zwischendurch sicherheitshalber um, damit wir ihn nicht einholten. Masa hing an meiner Brust und nagte mürrisch an seinem Handschuh, seine Nasenspitze glänzte und seine Backen waren rot.
„Hat jede Band einen Bassisten?“
„Klar.“
„Wieviele Saiten hat ein Baß?“
„Ich weiß nicht, sechs.“
„Nein. Ich hab’s gezählt, es sind nämlich vier. Es sind dicke

Saiten. Krieg ich eine E-Gitarre zu Weihnachten?"
„Du kannst doch gar nicht spielen. Zuerst muß man trainieren, und außerdem kann man in einem Wohnblock nicht E-Gitarre spielen. Du hast noch viel Zeit, dir zu überlegen, was du einmal spielen möchtest. Irgendwas Leiseres."
„Natürlich. Das hab' ich mir gedacht. Bring du's mir halt bei!"
„Ich kann es nicht. Wir besorgen dir einen richtigen Gitarrenlehrer. Dann kannst du anfangen. Bis dahin reicht der Tennisschläger. Außerdem kriegst du auch mit deinen Trommeln schon ein sch... äh schreckliches Gepolter hin."
„Wie alt bist du, Papa?"
„Neununddreißig."
„Lebst du noch lange?"
„Das kann man nie wissen, ich lebe. Ich lebe wohl noch ein bißchen. Ungefähr nochmal so lang."
„Wie alt bist du dann?"
„Achtzig, und du bist dann schon groß. Größer als ich."
„Dann hab' ich zumindest schon eine richtige Band."
„Genau. Ich komm dann zu euren Konzerten."
„Wir spielen hevimetel. Opas hören kein hevimetel. Die machen gleich das Radio aus."
„Heavy metal ist dann die Musik der Opas."
„Ailaafju bebi, kamon, kamon bebi."
Masa nahm den Schläger als Gitarre von der Schulter und setzte zu einem halbminütigen Solo an, zwischendurch leckte er mit seiner Zunge hastig die Nasenspitze sauber.
„Weißt du, wie unsere Band heißt? Die Verrosteten Flaschenkorken."
„Genau."
Ein Schlittschuhschoner fiel auf die Straße, auf der Kreuzung knatterte ein Straßenpflug. Ich pflückte den Schoner aus dem Schnee, nahm den Jungen Huckepack und ver-

suchte mich an einen Moment von vor über dreißig Jahren zu erinnern. Das unruhige Flackern der Stearinkerzen auf den Fichtenzweigen, die Augen, die sich in den Christbaumkugeln widerspiegelten und die aufgeblasenen Backen; die ersten Eishockeyschuhe und der Rimedo-Schläger, dessen Blatt wie ein Windrad in den Schnee schwirrte, nachdem die Typen aus der Nachbarschaft einen Schlagschuß gegen die Wand der Umkleidekabine abgegeben hatten. Und das Schluchzen in der Kehle auf dem Heimweg, bloß mit dem Stiel auf der Schulter, aber schon zwei Tage später aus sicherer Deckung mit demselben Schlägerstiel auf die blöden Deutschen schießend. Auf die Deutschen um fünf Uhr, auf die Alte vom Hausmeister mit ihrem Schweinearsch um zwölf: ein volles Magazin. Die Rimedos sind Scheiße, aber das sind die Deutschen auch. Zuletzt kamen die Weltmeisterschaften, aber Ende Februar schmolz das Eis, und wir standen wie bestellt und nicht abgeholt am Spielfeldrand, bis ich das Toronto-Schnellfeuergewehr anlegte und den Hausmeister selbst umnietete.
„Ich war ein starker Spieler, als ich in eurem Alter war. Komm, wir holen Peetu ein."
Er war schon drin, seine feuchten Klamotten lagen verstreut auf dem Boden herum.
„Räumt euer Zeug weg!"
„Du hast verloren. Wer verliert, räumt auf."
„Genau", rief Masa begeistert auf der Schwelle und warf seinen Schneeanzug über die Türklinke, von wo er schlaff herabfiel. Die Schneebälle in den Taschen tropften allmählich auf den Fußboden, und alle wußten, daß ich bald auf Hundertachtzig sein würde. Alle außer dem Telefon, daß dazwischenfunkte. Ich fühlte mich wie ein Trödler auf dem Flohmarkt, als ich zwischen dem ganzen Krempel nach dem Hörer tastete.

„Kuntsi."
„Nurkkala. Ich hol dich in einer Viertelstunde ab. Es gibt wieder was zu staunen. Ein Kerl ist tot aufgefunden worden."
Ich zog die verschwitzten Kleider aus, ging unter die Dusche und rief den Jungen die Verhaltensregeln für ein cirka zweistündiges Leben ohne Eltern zu. Ich wußte, daß sie sich möglichst weit von dem in der Diele zu erwartenden Tobsuchtsanfall entfernt hatten, ich wußte, daß sie nicht zuhörten und kein einziges Wort verstanden.
Der haferschleimgraue Lada glitt sanft vor unser Haus. Nurkkala schnippte die Asche seiner Zigarette aus dem Fensterspalt und sah nachdenklich aus.
„Wohin jetzt, Bruder Silber?"
„Zur Müllkippe."
Ein paar Straßenvermesser schlenderten auf der verlassenen Kreuzung oder bewunderten vor einem Schaufenster stehend die frohe Botschaft. Vor dem Licht wurde der Schnee sonderbar golden; es war schwer zu glauben, daß in einer solchen anmutigen Atmosphäre so viel Böses getan wurde.
„Als ich klein war, wollte ich Totengräber werden", sagte Nurkkala. „Mein Onkel war einer. Er hatte einen dunklen Anzug und eine Umhängetasche mit Mustern und Proviant. Milchflasche und Butterbrote."
„Grabsteine?"
„Nein, Prospekte von Steinen. Geht es dort nicht rechts ab? Der Onkel wohnte in der Gegend von Kuopio, wo er immer lange Touren zu fahren hatte, nachdem er die Todesanzeigen in den Gemeindenachrichten gelesen hatte."
Wir kamen auf eine dunkle Gerade, die Sparmaßnahmen der Stadt zehrten an der Straßenbeleuchtung. Nurkki schaltete hoch, ich fragte mich, welchen Grund er hatte, mich so

auf die zu erwartenden Stimmungen vorzubereiten und versuchte entspannt zu sitzen.
„Das wäre eine gute Wahl gewesen. Viel frei und eine angesehene Tätigkeit. Aber wenn man nur durchschnittlich begabt ist, dann wird man vom Leben einfach mitgerissen."
„Bis hin zur Polizei."
„Genau."
„Wie ist es mit deinem Onkel weitergegangen? Er verkauft doch keine Grabsteine mehr?"
„Nein. Er ist ruckzuck gestorben und hat jetzt wohl selbst irgendein Modell aus seinem Prospekt auf dem eigenen Grabhügel."
Der holprige Weg, der zur Müllkippe abzweigte, schaukelte unseren Dienstwagen hin und her, die Scheinwerfer schnitten Böschungen und grauen Wald in Scheiben. Das Wipfelflämmchen des Fernsehmastes glühte in der Höhe blau wie eine Gasflamme; trotz unseres Auftrags und der Umgebung fühlte ich mich seltsam leicht. Vielleicht war die Entspannung nach dem Spiel geglückt, vielleicht trug das lockere Geplauder des Kollegen über seinen Onkel dazu bei, den Druck zu vertreiben.
Der Mann stand unter dem Vordach der Baracke und fuchtelte mit einer Taschenlampe herum, als wäre er drauf und dran, sie in die Windschutzscheibe zu schlagen. Er trug eine elefantenohrförmige Pelzmütze und eine Brille, ich hatte ihn noch nie zuvor gesehen.
„Sie haben hier nichts zu suchen."
Ich zeigte ihm meine Dienstmarke und roch durch den Fensterspalt, daß der Kamerad in seinem Windschatten Feuerwasser getankt hatte. Das Eigelb der Taschenlampe lief über Nurkkalas Gesicht.
„Wir gehören beide zum selben Verein. Machen Sie die Lampe aus! Wo ist die Leiche?"

„Ich hab' sie zum Aufwärmen in die Baracke gebracht. Da sind noch mehr, Bekannte von euch."
Der Mann stellte sich als Vincent Kopakkala vor. Die Ohrenklappen seiner Mütze wippten energisch, als wir mit knirschenden Schuhen zur Barackentür gingen. Unterwegs erzählte er, er hätte den Jungs die Pakete und außerdem noch etwas anderes zum Wärmen gebracht und den Rückweg über das Scheißwäldchen genommen. Ich wußte nicht, was ein Scheißwäldchen war, ich hatte nicht die geringste Ahnung, wen er mit „Jungs" meinte, akzeptierte aber Kopakkalas Worte.
„Aus einem Plastiksack guckte eine Hand raus. Das war dort hinten. Absoluter Zufall, dort was zu finden."
„Was meinen Sie mit 'Jungs'?"
„Die haben ihre Quartiere auf der anderen Seite."
„Ich verstehe."
„Ich bin der Aufseher. Vor so einem großen Feiertag ist es ziemlich ruhig."
Das Kerlchen öffnete uns die Tür, und ich stieß direkt auf Kunnaala und Verkkonen, die als Blockade im Windfang standen. An der Decke hing eine Sechzigwattlampe, der Sack lag in einer Ecke.
„Hallo. Wir sind gerade gekommen."
„Wo ist denn euer Wagen?"
„Hinter der Walze, habt ihr sicher nicht bemerkt."
Der arme Kerl lehnte am Heizungsrohr, die kleinen Armstümpfe steif über dem Bauch. Er hatte gelockte Haare und außergewöhnliche Ohren, sein Mund war mißgebildet. Das Gesicht schimmerte dunkelblau, und als ich es noch eine Weile betrachtete, schien mir, als hätte es gelächelt. Meine Leichtigkeit verflog, und das Kribbeln der Kraftlosigkeit stieg in den Beinen nach oben.
„Kennt den jemand?" fragte ich.

„Nein."
„Das ist nicht zufällig einer von den 'Jungs'?" fragte ich Kopakkala, der weiter hinten stand, den Hut ehrfürchtig in der Hand. Er schüttelte den Kopf und schien mit seinem hexenhaften Hakennasengesicht besonders geeignet als Aufseher einer Müllkippe. Gerade von einem Mann, der aussah wie Kopakkala konnte man sich ohne weiteres vorstellen, wie er eine Leiche aus dem Mondlicht in die Wärme einer Baracke schleifte. Ich fragte ihn, warum er den Toten hereingeholt hatte.
„Das ist doch kein Ort für Menschen, da draußen. Nicht für lebende und nicht für tote."
Dem philosophischen Gehalt der Worte folgte ein behaglicher, stechender Tafelweinhauch. Es wimmelte von den Leuten, die mir in diesem Herbst so vertraut geworden waren. Jemand hatte den Typen erstickt, am Hals waren keine Würgemale zu erkennen.
Kopakkala begleitete uns zum Fundort. Das war das erste Mal, daß ich in der Weihnachtswoche auf einer Müllkippe stand, ich hatte nicht unbedingt das Gefühl, mich auf ureigenstem Gelände zu befinden, und Nurkkala, der hinter mir keuchte, schien es nicht anders zu gehen. Es war zum Heulen. Durch die Wolken hindurch belauerte der Mond unsere Taten, und auch sonst war die Konjunktion der Planeten nicht besonders günstig, was das Gewaltsaldo dieses Herbstes anbelangte: immer nur Leichen.
„Läßt sich irgend etwas darüber sagen, wann hier zuletzt Zeug abgeladen worden ist?"
„Ungefähr vor einer halben Woche. Es ist nicht planiert. Ich würde sagen vor drei bis fünf Tagen."
„Frühestens Dienstag?"
„Genau."
Kopakkala leuchtete auf dünn mit Schnee bedeckte Müll-

säcke, auf Teile von Sprungrahmen und Pappkartons. Der zwergwüchsige Tote war keine anderthalb Meter groß, so einen konnte man möglicherweise unbemerkt transportieren, dachte ich.
„Es begab sich aber zu der Zeit, daß vom Kaiser Augustus der Befehl ausging ..."
„Seien Sie still!"
„Im Sommer neunundfünfzig fand ich hier eine halbe Frau, die eine Sonnenbrille aufhatte. Man hat nie herausgekriegt, wer sie war, oder wo der fehlende Teil war", erinnerte sich Kopakkala voller Behagen.
Ich fragte mich, wo er die hingebracht hatte und sah zu, wie er aus seinem Pelz einen Flachmann hervorzog. Mir fiel ein, was ich über eine amerikanische Universität gelesen hatte, an der über Müllkippen geforscht wurde. Archäologie, Kulturanthropologie, Soziologie, Neuere Geschichte; die in den verschiedenen Ablagerungsschichten gefundenen Bierdosenverschlüsse erzählen, welche Marke 1971 oder 1977 den Markt beherrschte. Ein T-bone-Steak behält über Jahre hinweg einen überraschend echten, wenngleich nicht unbedingt verlockenden Anblick, und die Menschen schaffen sich ein ganzes Spektrum von Plunder aus den Augen - wenn wir nicht am Schwert zugrunde gehen, gehn wir an der Scheiße zugrunde. Nichts kann ihre Masse aufhalten.
Vincent Kopakkala fing an, Weihnachtslieder zu pfeifen. In dem unebenen Gelände verlangte es alle Anstrengung, auf den Beinen zu bleiben, Kopakkalas Lampe fuchtelte besoffen herum wie es gerade kam.
Das in die ovale Holzscheibe eingeritzte Bild stellte irgendeinen religiösen Ritus oder eine Tragödie dar. Es war am Fußende des Plastiksacks gefunden worden, und nun bestaunten wir es. Das Magenneutralgen des Müllkippenauf-

sehers, eine Tüte Buttermilch, stand stocksteif im Schatten des Kronleuchters.

„Wo gibt's diese Ballzwerge?"

„War das nicht in Voikas?" überlegte Nurkkala.

„Wo liegt das denn?"

„In Kymmenlaakso."

„Das muß allerdings nichts heißen."

„... und das himmlische Kind ..."

„Gehn Sie raus, Kopakkala, und beaufsichtigen Sie Ihre Müllkippe, damit nicht noch mehr Leichen kommen!"

Nurkkala fand, das Opfer sehe so außergewöhnlich aus, daß wir seine Identität bestimmt herausbekämen und damit auch den Wohnort.

„Er hat keine Zunge, hat aber auch noch nie eine besessen. Wir setzen ein Bild in die Zeitung, da wird es sich dann herausstellen."

Diese Feststellung war bezeichnend; es genügte uns bereits, die Identität des Opfers ausfindig zu machen. Über den Täter des Gewaltverbrechens hatten wir erst gar kein Wort verloren.

Der Anteil des beim Autounfall ums Leben gekommenen Kanerva an den in der Stadt vorgefallenen Gewaltverbrechen erwies sich als unerheblich. Nach seinem Umzug hierher war er in finanzielle Schwierigkeiten geraten und bereitete sich auf kriminelle Unternehmungen vor, indem er gemeinsam mit den Kleinganoven aus den Drei Schlücken vor dem Bierkrug über eine Wendung seines Schicksals nachgrübelte. Möglicherweise hatte sich Kanerva auch nach einer Art von Aktivität gesehnt, wie sie das Rechen eines Gartens nicht unbedingt darstellte, aber der Traum, das perfekte Ding mit Käuzen wie Jekku zu drehen, konnte von Natur aus nur eine wacklige Angelegenheit sein.

Unser Traum, den oder die Schuldigen zu schnappen, wakkelte ebenfalls. Der Leichenfund auf der Müllkippe führte nicht zu einer Aufklärung, denn das Bild, das in der Zeitung veröffentlicht wurde, brachte lediglich einige fruchtlose Hinweise. Das Arbeitsverhältnis zwischen Raivinkimaa und mir reduzierte sich auf dumpfes Grüßen, wenn wir uns irgendwo im Gebäude über den Weg liefen. Ich wußte nicht, was er in seinem Inneren vergraben hatte, oder ob er mir nur etwas nachtrug; ich hatte einfach keine Lust, mich für Raivi zu interessieren, ebensowenig wie für meine Arbeit, und während ich lustlos die Papiere auf meinem Tisch von einem Stapel auf den nächsten legte, hoffte ich insgeheim, das Gerücht von den zwei Wochen Zwangsurlaub für Beamte möge sich bewahrheiten. Ich hätte mich in die erste Reihe vorgedrängelt, um endlich einmal ausruhen zu können.

Auch Nurkkala schien in einen verschlossenen, mittwinterlichen Horror versunken zu sein. Sonderangebote durchblätternd saß er in der Kantine oder chauffierte uns zu irgendeiner Bande von Idioten, damit wir uns deren Hinweise anhörten.

In der zweiten Januarwoche bestellten mich Pätiälä von der KRP und Raivinkimaa in das Büro vom Chef, und ich hatte nicht die geringste Vermutung, was mich dort erwartete. Falls man meine Versetzung in die Wege leitete oder gar meinen Rausschmiß, warum mußte dann Pätiälä anwesend sein?

Der halbwollene Mario-Barutti-Anzug meines Vorgesetzten und seine glanzvolle Krawatte sagten den Frühling voraus, Pätiälä war Pätiälä, aber die Atmosphäre ließ mich innerlich auf der Hut sein. Erfreulich unumwunden wurde die Neuigkeit auf den Tisch geklatscht: Der Platzwart vom Sportplatz in Korpela war festgenommen worden unter dem Verdacht, Inari Huuhtila ermordet zu haben, und sein Anteil am Tod von Lauri Välinen wurde weiterhin intensiv untersucht.

„Er leugnet alles, aber du hast doch als erster mit ihm gesprochen?"

„Nicht direkt. Er hatte mich angesprochen."

Ich erinnerte mich, wie Raivinkimaa bis oben hin voller Zorn in meinem Büro gesessen und gesagt hatte, es sei scheißegal, was ich mit irgendeinem Platzwart zu quatschen hätte. Der Schlitten schien gewendet zu haben. Die Herren baten mich, noch einmal auf die Begegnung zurückzukommen.

„Wirkte er kein bißchen unsicher?"

„Meines Erachtens nicht. Er forderte mich auf, den Wagen wegzufahren und fing dann an zu erzählen, was er gesehen hatte. Ich mußte gar nicht viel auf ihn einreden. Die Eisbahn zu präparieren schien wesentlich schleppender voranzugehen als das Reden."

„Das paßt insofern ins Bild, als der Mann uns ja auch die Sachen geschickt hat, die den beiden Opfern gehörten. Er bettelt in gewisser Weise darum, geschnappt zu werden."

„Ihr habt doch wohl irgend etwas Handfestes?"
„Dieser Leinonen hat einen Überfall auf seinem Konto. Er hat eine Frau angegriffen."
„Wann?"
„Als Siebzehnjähriger. Vor zwölf Jahren."
„Na, das ist ja schon eine Weile her", sagte ich.
„Das ändert überhaupt nichts an der Situation, und der Mann ist bereits hinter Schloß und Riegel. Er weigert sich, etwas zu sagen."
„Was war das für ein Überfall?"
Raivinkimaa räusperte sich und ließ eine Spur von Unwillen in seinem Gesicht aufscheinen, weil ich nicht in Begeisterung ausbrach. Er interpretierte mich richtig: heimlich, still und leise schlich sich bei mir innerlich das Bild einer hektischen Polizei ein, die durch den Druck aus allen Richtungen frustriert ist und dann beschließt, bei der nächstbesten, kleinsten Gelegenheit zuzuschlagen. Noch unglücklicher fühlte ich mich, als der Chef dazu überging, von der Blutgruppe des Platzwarts Leinonen zu sprechen. Es war dieselbe wie bei dem Fleck auf dem Blechstück in Välinens Wochenendhaus.
„Aber das besagt doch noch gar nichts", meinte ich.
„Beachte, daß es auch nichts ausschließt. Immerhin besteht die Möglichkeit einer Zusatzanalyse."
Pätiälä schubste seine Brille etwas höher und berichtete vom Resultat der Hausdurchsuchung, die bei Leinonen vorgenommen worden war. In dem Einzimmerappartement fanden sich einige Regalmeter mit Literatur, die Waffen aller Art durchhechelte sowie eine Kollektion von Hieb- und Stichwaffen, mit der man Arme wie Reiche hätte erdolchen können.
„Die hingen dort an der Wand. Natürlich ist keine davon in den Fällen Huuhtila und Välinen benutzt worden, aber

es läßt doch auf einen gewissen Charakter schließen. Der Busfahrer, der an Inari Huuhtilas Todesabend Dienst hatte, erinnert sich nicht, Leinonen auf seiner Linie mitgenommen zu haben, wie Leinonen behauptete. Und dann haben wir an der Garderobe des Burschen eine Jacke gefunden, deren Fasern Ähnlichkeit haben mit denen, die wir bei der Huuhtila entdeckten."

„Sind sie identisch?"

„Nein."

„Und die, die auf dem Sitz in Välinens Auto gefunden wurden?"

„Das sind völlig andere. Aber weil du nach dem Überfall gefragt hast. Leinonen hatte von diesem Mädchen in der Disco einen Korb gekriegt und dann spätabends draußen zugeschlagen. Natürlich war er betrunken. Das Mädchen trug Würgemale davon und verrenkte sich bei dem Spektakel den Nacken."

Sie wollten, daß ich Leinonen verhörte. Ich hatte keine Lust zu fragen, was ich ihrer Meinung nach noch aus ihm herausquetschen sollte, was sie selbst nicht herausbekommen hatten. Nicht ein einziger Punkt von dem, was ich gehört hatte, reichte für eine Inhaftierung aus. Der gedächtnisschwache Busfahrer und die Waffensammlung an der Wand, von den Textilfasern ganz zu schweigen, bildeten eine Indizienkette, die man getrost aus dem Fenster werfen konnte, und das wußten auch Pätiälä und Raivinkimaa. Oder zumindest Pätiälä.

Als ich am Nachmittag auf dem Weg zum Vernehmungsraum war, fragte ich mich, ob hier versucht wurde, die alte Vernichtungstaktik anzuwenden und versuchte meinerseits, mich an den Eindruck zu erinnern, den ich von Leinonen gewonnen hatte. Möglicherweise hatten ihn der Verlauf jenes Abends und das, was er mitten im Regen gesehen hat-

te, gerade deshalb belastet, weil er damit rechnen konnte, daß die Körperverletzung wieder ans Tageslicht kommen würde, wenn er redete. Zumindest hatte er einen verdammt jämmerlichen Druck auf dem Wasserschlauch gehabt.
Die knappe Stunde unseres Zusammenseins vermittelte mir den Eindruck eines Mannes, der von Grund auf mit seinem Schicksal haderte, und der um seinen Arbeitsplatz fürchtete.
„Das ist so was von sicher, daß es sich nicht rentiert, mich auch nur eine Stunde hier festzuhalten. Sag das denen, die mir das nicht glauben! Ich wollte euch damals nur ein bißchen auf die Sprünge helfen, aber nach dem hier muß ich es mir demnächst zweimal überlegen, ob ich der Polizei irgendwas sage."
Der Chef und Pätiälä hatten unserem Gespräch zugehört, ich erläuterte ihnen meine eigenen Gedanken und fing an zu zählen, wie lange es dauerte, bis Raivinkimaa behauptete, Leinonen würde bluffen. Cirka vierzig Sekunden.
„Der macht uns etwas vor."
Bis zum achten Januar war nicht bekannt, wer wem etwas vormachte, aber Masa bekam eine Lungenentzündung, und ich nahm drei Tage Pflegeurlaub. Ein ordentlicher Winter wie in früheren Zeiten stampfte das Quecksilber in die Zwanzigminusgegend, der Himmel war glasklar, und die Sonne, die hinter den Fabrikschloten hervorlinste, bestickte die rußigen Schneefelder mit glitzernden Punkten.
Ich stand halbangezogen am Fenster und überlegte, warum unsere Vorfahren nur von so weit bis hierher gekommen waren. Warum waren sie nicht in den günstig beschaffenen mitteleuropäischen Waldregionen geblieben oder in den glücklichen Ebenen des östlicheren Europa. Oder in einem Übergangsgebiet; da hätten sie sowohl Rohstoff für die Papierindustrie gehabt als auch das passende Gelände, um Baseball spielen zu können. Oder war es eine Horde von

Taugenichtsen, die hier her gezogen war, schlechtes Menschenmaterial und Einfaltspinsel, die keinen Mucks von sich gaben?
Hustend und mit roten Backen hing Masa in halb sitzender Position in den Kissen. Er war gerade aus einem unruhigen Tiefschlaf zu sich gekommen, die Haare hingen verschwitzt herab, und der Saum des Schlafanzughemdes hatte sich bis oberhalb des Nabels aufgerollt. Ich strich dem Jungen über die heiße Stirn. Er seufzte und schloß die Augen. Das Lebenstheater beherrschte er bereits aus dem Effeff, denn er wußte, daß ich die Limoflasche nach ein paar schicksalhaften Zusammenbrüchen wesentlich bereitwilliger aufschraubte.
„Geht's dir schlecht?"
„Ja."
„Magst du irgendwas?"
„Ich hab' Durst."
„Ich hol dir Saft."
„Ist im Kühlschrank keine Cola mehr? Ganz in der Ecke, hinter dem Salat. Mama hat sie da versteckt."
Die Erklärung, die mir der Fieberpatient gab, war überraschend lebhaft. Zudem hatte sich Masa bereits in richtige Sitzposition gebracht und sah mich munter an, auf dem Comic-Titelbild explodierte ein Hubschrauber in einem flammenden Inferno, und aus der Tiefe des Dschungels flammte das Mündungsfeuer einer Flak auf.
„Wenn es dich gesund macht. Warte, ich hol's dir."
Ich kam nur bis in die Diele, als es an der Tür klingelte. Nurkkala stand im Treppenhaus, sonderte Kälte ab und deutete auf die Tür der Nachbarwohnung.
„Choralübungen?"
„So ist es. Komm rein!"
Als allererstes sagte er Masa Hallo und zog eine große Tafel Nußschokolade aus der Tasche. Masa machte sich dar-

an, sie zu vernichten wie Brot und fragte, wann ich eigentlich vorhätte, die versprochene Cola zu bringen. Nurkkala zwinkerte schelmisch und versuchte, sich dafür zu entschuldigen, daß er gekommen war, um mich mit dienstlichen Sorgen zu belasten.
„Ich kann auch wieder gehn, wenn du meinst."
„Ach wo, Masa geht's schon wieder besser."
„Morgen soll Leinonen inhaftiert werden."
„Oder freigelassen werden."
„Das tun die nicht. Da herrscht jetzt ein starker Korpsgeist, und ich habe das Gefühl, daß sie noch irgendwelche zusätzlichen Indizien gefunden haben."
Ich mochte nicht fragen, warum Nurkkala den von ihm erwähnten Geist nicht wahrte und ließ ihn von der Diele in die Küche treten. Er saß in seinen dicken Winterklamotten am Tisch, und ich wollte mich gerade über seinen enormen Umfang lustig machen, als er fragte, ob ich mich noch an die Anfrage eines gewissen Dorfpolizisten Glan erinnerte, wegen eines Burschen, der verschwunden war.
„Hab' ich das nicht dir gegeben?"
„Genau. Eigentlich sind zwei verschwunden. Dieser Mann und davor dessen Frau. Man vermutet, daß er seiner Alten etwas angetan hat."
„Wahrscheinlich überlegt sich manch einer dasselbe."
„Was?"
„Daß er seiner Alten was antut."
„Er zog aus der Gegend weg, und es wird behauptet, er sei geflohen. Das Ganze passierte im August, und seitdem hat man nichts mehr von ihm gehört. Diejenigen, denen er die neue Adresse angeben mußte, hat er irgendwie ausgetrickst. Hat das Haus verkauft und alles."
„Und weiter? Der ist doch nicht etwa hier?"
„Kann sein, kann aber auch nicht sein. Die Anfrage ist in

viele Bezirke verschickt worden.“
„Wie heißt er?“
„Ilkka Aitlahti. Früher besaß er ein Unternehmen und so weiter und war in seiner Gegend ein einflußreicher Mann, aber dann gab er alles auf. Hatte Probleme mit der Gesundheit.“
„Es kann doch niemand unter einem falschen Namen leben! Das geht nicht lange gut. Die Visage verrät einen.“
„Die Visage kann man ein bißchen verändern und denk dran, daß er über fünfhundert Kilometer nach Süden gekommen ist, und wenn einer ungeniert genug ist, dann kommt er schon eine Zeitlang durch. Ich habe gehört, er sei nach seiner Firma zum Einsiedler geworden. Und sonderbar.“
„Wieso bringt dich dieser Aitlahti dazu, zu uns zu kommen? Der wohnt hier, oder?“
Masa stand an der Küchentür und hielt sich den Bauch. Das Rot in seinem Gesicht war grau geworden, sein Mund nuschelte etwas, und plötzlich sprudelte ein Schwall Erbrochenes munter und nach allen Seiten auf den Fußboden, die Schranktüren und die Wände. Wir konnten nur noch zuschauen.
„Den Rest in die Spüle“, rief ich, aber Masa drückte mit übereinandergelgten Armen und spuckte weiter.
Ich stieg über die Placken, nahm den Jungen mit mir und zerrte ihn unter die Dusche. Dort begann er zu schlottern und kraftlos Tränen zu vergießen.
„Ich hab's nicht mehr geschafft.“
„Schon gut. Hast du die ganze Schokolade auf einmal gegessen? Wolltest du einen Rekord aufstellen?“
Er nickte und brach noch mehr, gleichzeitig versichernd, daß er Peetu nichts übriggelassen habe. Ich ließ Shampoo auf seine Haare gluckern und begann zu rubbeln, das Choral-

weib hatte die Regler aufgedreht „... durch den Glauben wird zuteil Deine Hilfe, gerecht und unverdient ...“ es war wirklich unglaublich, daß die Worte durch das Rauschen des Wassers hindurch zu verstehen waren.
Ich spülte die schlimmsten Brocken vom Schlafanzug und warf ihn ins Waschbecken, sogleich verfärbte sich das Wasser. Anschließend mußte ich Masa abtrocknen und ihm etwas Sauberes anziehen. Ich wußte nicht mehr, wo ich mit Nurkkala stehengeblieben war, der Alltag hatte mich widerstandslos mit sich gerissen. Im Stanniolpapier waren nur noch Nußsplitter und knauserige anderthalb Schokoladenrippen übrig.
Nurkki hatte inzwischen den Teppich aufgerollt und fuchtelte mit Wassereimer und Lappen herum, die er mit dem Spürsinn eines auch mit anspruchsvollen Arbeiten vertrauten Hausmannes geortet hatte.
„Zieh wenigstens die verdammte Winterjacke aus!“
„Die interessanteste Seite an der Geschichte ist die, daß Inari Huuhtila Einkäuferin in Aitlahtis Firma war. Sie haben Jeans und irgendwelche Anoraks hergestellt.“
„Das ist eine ziemlich heiße Neuigkeit.“
„Du hattest den Lebenslauf der Huuhtila doch auch vor dir.“
„Ich hab’ ihn nicht gelesen ... wenigstens nicht ganz. Außerdem, wie hätte ich mir so etwas merken sollen.“
Nurkki wurde allmählich rot, er agierte auf allen vieren und richtete sich zwischendurch auf, um den Lappen auszuwringen. Für mich war das wahre Kollegialität. Ich fragte ihn, wer von diesem Zusammenhang wisse.
„Niemand.“
„Ist das nicht ...“
„Das ist eine Mißachtung des Dienstweges, aber du mußt bedenken, daß mir die Sache erst vor einer Stunde aufgefal-

len ist. Nämlich in dem Moment, als die Informationen kamen, und ob die dort besonders interessiert an meinen Überlegungen sind? Raivinkimaa will Leinonen."
Für diese Schlußfolgerung gab es allen Grund. Nurkkala holte Luft, ließ den Lumpen ins Becken klatschen und schien erst jetzt zu begreifen, daß ihm die Winterausrüstung hinderlich war. Er zog die Jacke aus und kramte ein gefaltetes Blatt Papier aus der Tasche.
„Hier ist ein Bild von Aitlahti."
„Damit kann man ja gar nichts anfangen."
„Stimmt, aber sie behaupten, es gibt kein besseres. Irgendwann vom Ende der siebziger Jahre. Ist mit einer beschissenen Provinztechnik aus der Zeitung kopiert worden."
Mit der Dichte des Rasters hätte sich niemand brüsten können. Der Bursche hatte einen altmodischen, trottelhaften Ponyhaarschnitt, möglicherweise mit Koteletten und ein eher schmales als breites Gesicht, aber das war es dann auch. Der Kopiervorgang hatte die Augen fast vollständig verschwinden lassen, an ihrer Stelle befanden sich zwei dunkle Höhlen.
„Das sieht allerdings nach einem Mörder aus, ist aber über zehn Jahre alt und läßt sich mit niemandem vergleichen. Wir bitten um ein besseres, das muß es doch geben."
„Papa!!!"
„In den Eimer! Er steht neben dir!"
Heftiges Erbrechen war zu hören. Ich gab Nurkkala das Bild von Ilkka Aitlahti zurück und hielt den Plastikeimer dichter an Masas Mund.
„Oh, Papa!"
„Bald bist du wieder auf den Beinen. Laß nur alles raus!"
In seinem besoffenen Kopf hatte mir Nurkkala eine Liste versprochen, auf der nur ein Name stünde. Vielleicht war er auf den richtigen gestoßen, denn daß die Huuhtila etwas

mit Aitlahti zu tun hatte, schien zu merkwürdig, um ein Zufall zu sein. Ich wischte Masa den Mund ab und ging den Eimer ausspülen. Auf dem Rückweg stieß ich mit Nurkkala zusammen, der auf der Schwelle zum Kinderzimmer stand, das einzigartige Bild in der Hand.

„Ein Bild von Buster Keaton bekommen wir ja in jeder Bibliothek."

„Ein Bild von wem?"

„Von Keaton. K-E-A-T-..."

„Jaja, aber wie kommst du denn auf den?"

„Durch die Stummfilme. Wie denn sonst. Eine dermaßen todernste Schnauze erinnert doch an nichts anderes."

Ich schnappte mir das Bild und betrachtete es unter der Lampe. Ich betrachtete es eine Minute lang. Zuerst aus der Nähe und dann von weitem. Und dann eine weitere Minute.

Ohne daß ich sie zweimal bitten mußte, schaltete das Choralweib ihre Anlage aus und schlurfte in unsere Wohnung, um Masa zu hüten. Vielleicht hatte die Dame selber die Nase voll von dem immerwährenden Krach.

Merimaa öffnete nicht, obwohl wir gut und gern drei Minuten vor seiner Tür vergeudeten. Beim letzten Mal hatte er mir, gerade als ich an der Klingel kratzen wollte, die Tür fast auf's Auge geknallt.
„Der Hausmeister", schlug Nurkkala vor.
Ich sagte, daß es in Häusern dieser Art den berüchtigten Hausmeister nicht gäbe, daß sich um alles eine Firma kümmere, falls sie sich kümmere.
„Zumindest um die Rechnungen kümmert sie sich. Irgendwo muß er sein."
„Glaubst du wirklich, der könnte es sein?"
„Du hast ihn nicht gesehn. Hast du damals nicht Medikamente geholt ... oder irgendeinen Schnittkäse?"
Wir griffen nach dem Geländer und begaben uns nach unten. Nurkkala gewann mit wenigen Sätzen einen Vorsprung und sagte, er sehe im Hinterhof nach, ob dort jemand etwas wisse. Durch ein Fenster am Treppenabsatz erkannte ich ein halbes Dutzend Frauen mit dick eingepackten Kindern, die einen Rodelhang hinauf- und herunterrutschten. Ich hörte gedämpftes Kreischen und dann etwas, das mich stehenbleiben und den Atem anhalten ließ. Schwach drang der Marsch des kleinen Zinnsoldaten an meine Ohren. Hätten sich die Kinder zu einem etwas eifrigeren Geschrei hinreißen lassen, hätte ich das Pfeifen nicht gehört.
Nach der Fahrradrampe kam wieder derselbe dunkle Flur, an dessen Decke die Abflußrohre entlangliefen. Der Lichtschalter war zerstört, aber durch die Tür zum Fahrradkeller, die einen Spalt weit offenstand, fiel ein Lichtstreifen, der mein Vorankommen erleichterte. Ich wußte nicht, weshalb meine Schritte langsamer wurden. Das Pfeifen wurde lauter.
Diesmal mühte sich Merimaa nicht mit seinem Geländerad ab. Er hatte ein Paar scharfkantiger, breiter Tourenskier

auf zwei Böcke gelegt, die von irgendwelchen Handwerkern vergessen worden waren, und bestrich die Gleitflächen mit Paraffin. In einer Hand hielt er ein schweres, altmodisches Bügeleisen, dessen Kabel sich vor einem ausrangierten Tretschlitten in die Wand schlängelte. Er stand mit dem Rücken zu mir in konzentrierter Haltung da, pfiff einfach und hantierte herum. Er trug den bekannten Overall.
„Guten Tag nochmal, Merimaa."
„Tag."
Es war ihm nicht der Mühe wert, sich umzudrehen. Das führte ich ein wenig auf mich zurück und trat näher, damit wir es gemütlicher hatten.
„Schöne Skier."
„Ach Sie! Schon mit Resultaten gesegnet?"
„Was für Resultate?"
„Na, was sind denn so die Resultate der Polizei?"
Der Mann hatte die Laune eines Vogels am Himmel, und die Mischform aus verkniffenem Lächeln und Grimasse bezauberte mit ihrem Charme. Ich fing schon an, meine Intuition zu bereuen und mich außerdem zu fragen, wie lange Masas Nerven wohl die Greisin aus der Nachbarschaft ertragen würden. Die Hand mit dem Bügeleisen hielt inne.
Ich fragte, ob Merimaa eine längere Tour vorhabe.
„Also, wenn Sie schon fragen, dann will ich schon weit weg."
„Liegt das Frühlingswetter nicht erst noch vor uns?"
Es war düster in dem Raum, Nurkkalas Zeitungsausschnitt schwitzte auf meiner Handfläche. Der Mann auf dem Bild und Merimaa hatten, verdammt noch mal, nicht die geringste Ähnlichkeit. Ich wich vor dem Paraffindunst zurück und blickte auf die Fahrräder, die an Haken aufgehängt waren, auf das Gerümpel, das an der hinteren Wand überwinterte und auf die Matratze, die in eine Ecke gestopft worden war, und in deren Füllung sich eine Ratte ihr Nest

genagt hatte. Merimaa entschloß sich, wieder unhöflich zu werden und verscheuchte mich aus seinem Lebenskreis, indem er sich über seine Arbeit beugte. Tatsächlich gehörte ich diesem nicht an, aber das erneute Zinnsoldatengeträller war dennoch des Guten zuviel.

Ich sagte Merimaa, er sei einer der wenigen in Korpela, die kein brauchbares Alibi für die Todesstunde der Inari Huuhtila wie des Lauri Välinen hatten. Wäre es nicht an der Zeit, noch einmal darüber nachzudenken?

„Die dritte Runde, wie? Ich glaube Ihnen nicht, aber Sie mir auch nicht. Einer der wenigen, Unsinn. Hier gibt es Hunderte von alleinstehenden, arbeitslosen Männern, die ferngesehen haben oder auf ihrem Sofa rumgelümmelt sind, als diese Leute umkamen. Das wissen Sie genauso gut wie ich. Ich kann gerne noch einmal sagen, was ich gemacht habe. Ich habe ferngesehen und ein Nickerchen gemacht. Wenn Sie das nicht glauben, dann beweisen Sie, daß ich Unrecht habe!"

Er gab die Argumentation leger und freundlich von sich, wenn auch vielleicht mit einer von Mitleid durchzogenen Akzentuierung. Mir kitzelte der Kellerstaub in der Nase, auf den Rohren an der Decke lagen ein kahl geschrubbter Straßenbesen und ein Paar antiker Skier - sie sahen jedenfalls entsprechend altersschwach aus. Ich fragte Merimaa, woher er stamme, und ob er jemals von einem Gemeindepolizisten namens Glan gehört habe. Er zog den Stecker des Bügeleisens aus der Wand (um die Reaktion in seinem Gesicht zu verbergen?) und befingerte das Kabel.

„Ich bin aus Helsinki. Glan, Glan? Kommt mir nicht bekannt vor. Ich kenne keinen Glan und schon gar keinen Gemeindepolizisten Glan. Wieso?"

„Haben Sie Ihren Ausweis dabei?"

Das Ratespiel ging mir allmählich auf die Nerven, vor al-

lem weil mit Sicherheit irgend jemand den Mann, der vor mir stand, kannte. Zwei Anrufe, ein Flugzeug, und das Problem wäre aus der Welt. Merimaa sagte, er sei es nicht gewohnt, seinen Personalausweis auf Reisen in den Keller bei sich zu tragen, aber weil ich so hartnäckig sei, könnten wir zum Kontrollieren der Angaben nach oben gehen.
„Es dauert ja nur fünf Minuten", lächelte ich.
Merimaas Miene wurde nicht von dem geringsten Riß beschädigt. Ohne zu zittern stellte er das Bügeleisen mit sicherer Hand auf einen der Böcke und begab sich vor mir in den Korridor.
„Wer hat das eigentlich komponiert? Den Namen kenne ich doch."
„Pierne. Keine Ahnung, wie man das ausspricht."
„Wann sind Sie hierher gezogen?"
„Das dürfte bald zwei Jahre her sein."
„Tatsächlich?"
Ich hatte Lust umzukehren, mein Instinkt hatte mich getrogen und das, wo ich mich so darauf verlassen hatte. Der Buster Keaton, der vor mir die Treppe hinaufstieg, wollte zu einem Skiausflug aufbrechen und wegen der Marotten der Polizei kostete es ihn alle Mühe, seinen Humor beizubehalten. Die allgemeine Ungerechtigkeit auf der Welt wirkte auf allen Ebenen; wer auch nur die geringste Macht hatte, der setzte sie ein, und der normale Bürger war nichts anderes als ein Untertan der Administration. Wenn ich Merimaa gewesen wäre, hätte ich schon längst zugeschlagen.
Er drehte den Schlüssel im Schloß und trat vor mir ein.
„Vorsicht bei dem Rucksack. Ich bin seit gestern am Pakken."
„Wollen Sie heute los?"
„Ja. Zuerst mit dem Auto und dann auf Skiern."

Die Stimme kam aus der Küche, wie ich vermutete. Ich stand in der Diele am Türpfosten. Ein Achtundzwanzigzollfernseher und ein Videogerät dominierten das Wohnzimmer. Eine umfangreiche Videosammlung füllte ein gesondertes, flaches, aus Birke geschreinertes Regal. Auf dem Balkon waren zwei Fichten als Weihnachtserinnerung ans Fenster gelehnt, auf dem Wohnzimmertisch lagen ein grauer Wollpullover und eine Skibrille mit gelbem Band.
„Das muß noch rein“, sagte Merimaa. „Meiner Meinung nach ist es absolut möglich, am Tag dreißig bis vierzig Kilometer voranzukommen und trotzdem im Biwag genügend auszuruhen. Ich habe ein bißchen trainiert. Amundsen war wesentlich ausdauernder, weil er der abgehärteten nordischen Rasse angehörte.“
„Ausdauernder als wer?“
„Scott. Aber Scott war ja auch Idealist, und solche können sich nicht einteilen. Hier ist der Ausweis.“
Ich fragte mich, ob der Bibliotheksausweis als Witz gedacht war und gab ihn zurück.
„Hätten Sie vielleicht etwas Offizielleres? Meinetwegen einen Führerschein?“
„Ich will alles selber tragen. Dreißig Kilo sind das absolute Maximum in meinem Alter. Ich bin nicht einmal in so guter Verfassung, wie ich es mir wünsche, dreimal Waldlauf und Gymnastik sind wahrscheinlich zu wenig.“
Er verschwand mit seiner Story wieder in der Küche und warf mir einen neuen Ausweis vor die Füße, der kopfüber auf dem Boden liegen blieb. Das Bild zeigte Merimaa, aber in der Spalte mit dem Namen stand „Ilkka Aitlahti“.
„Da stimmt etwas nicht so ganz“, sagte ich.
„Wieso?“
„Richtiges Bild, falscher Name, oder wie soll ich das sonst ausdrücken?“

„Sind Sie jetzt endlich zufrieden?“
Drei Fragen hintereinander und nicht die geringste Absicht, auf eine davon zu antworten. Unbemerkt hatte Merimaa-Aitlahti aus seiner Brusttasche ein Stilett mit schwarzem Griff gezogen, dessen Klinge in der Höhe meines Gesichts aufblitzte. Der Gesichtsausdruck des Mannes war ruhig wie immer, wenn auch mit einer Brise Entschlossenheit angereichert. Natürlich wollte er es nicht dulden, daß ihm irgendein dahergelaufener Bulle bei seinen Ausflugsplänen in die Quere kam. Der Reißverschluß an Aitlahtis Overall hatte nachgegeben und ein Stück von einer knallbunten Schleife vor dem Hintergrund eines weißen Hemdstoffs enthüllt; Timis Zauber-Jim, aber auf Seiten der Bösen.
„Der Smoking ist wohl für den Fall einer Überraschungsparty“, versuchte ich abzulenken und nahm den ersten Rückwärtsschritt in Richtung Haustür.
„Halt endlich den Mund!“
Wo ich einen halben Meter zurückgewichen war, kam er doppelt soviel entgegen. Zwischen uns lagen nicht mehr als zwei, drei Schritte. Ein Messerhieb von oben ist leichter zu parieren, einer von unten schon schlechter.
„Sie werden garantiert keine Skitour mehr machen. Dic Hoffnung ist umsonst. Am besten Sie packen Ihren Kram wieder aus. Sie haben Ihre Frau umgebracht und dann die beiden hier in Korpela.“
„Die kamen in die Quere. Da blieb keine andre Wahl.“
„Ihre Frau auch?“
„Das geht die Polizei nichts an.“
„Legen Sie dieses Ding weg! Haben Sie nicht schon genug auf dem Konto seit letztem Herbst? Sie kommen in Behandlung. Im Ernst.“
„Und Moose habe ich nichts Böses getan, aber als ich ihm die Mitbringsel gab und erklärte, was das ist, drehte er voll-

kommen durch. Bloß Vogelfutter, Winterfutter, dort bei Wolf und meiner Frau. Dieser Satansbraten versuchte mich anzugreifen, dabei wollte ich mich doch nur für das bedanken, was er mir mitgebracht hatte."
„Was faseln Sie da?"
Tränen der Wut und der Tobsucht in Aitlahtis Augen taten das ihre, um auch die letzten Gedankenverbindungen mit Keaton zu verscheuchen. Er stieß nicht von oben zu und nicht von unten, sondern versuchte, mit einem geraden Stich mein Herz zu durchbohren. Dazu hätte er eine cirka fünfzig Zentimeter längere Klinge benötigt. Ich floh zum Telefontischchen und stieß in meiner Panik den Ganzkörperspiegel von der Wand. Das Geklirr war von einer erschreckenden Größenordnung, es lähmte Aitlahti ebenso wie mich. Im selben Moment wurde von außen wütend gegen die Tür geschlagen.
„Kuntsi!!! Aufmachen!!! Hallo!!!"
Nurkkalas Baß brachte donnernd die Rettungsbotschaft, die nach anderthalb Sekunden Zögern folgenden Schüsse sprengten das Türschloß und zwangen mich, auf den scherbenübersäten Teppich zu hechten.
„Hör auf, zum Teufel!"
Das war für kurze Zeit der letzte menschliche Laut, und ich weiß nicht mehr, ob er von Nurkkala, mir oder gar von Aitlahti kam. Mein Kollege stand im Türrahmen, die Tür hing offen in den Angeln und das befreiende Treppenhaus war in beruhigender Nähe zu erkennen. Trotzdem rührte ich mich nicht vom Fleck, denn eine Spiegelscherbe war in mein Bein gedrungen. Nurkkala stieg über mich hinweg, ich vernahm einen hohlklingenden Schlag, und dann segelte Aitlahti auf den Fernseher zu. Womöglich ging auch der in Stücke.
Nach zwei Tagen hatten die Vernehmungsbeamten von der

KRP die wesentlichen Elemente der Geschichte in ihren Akten. Aitlahti hatte außer Inari Huuhtila und Välinen auch den auf der Müllkippe aufgefundenen Moose Kovanen ermordet, der als ehemaliger Nachbar bei ihm kampiert hatte. Wo er die Leiche seiner Frau verborgen hielt oder was er ihr angetan hatte, wollte Aitlahti nicht preisgeben. Die Suchmaßnahmen wurden eingeleitet.
Ich erhielt anderthalb Wochen Krankenurlaub wegen der Beinwunde. Die Scherbe war beängstigend nahe an der Schlagader eingedrungen, und als mich Nurkkala am letzten Tag meines Genesungsurlaubs besuchte, hatte er wieder eine Tafel Nußschokolade dabei. Masa und Peetu machten sich darüber her, als sei es ihre; alle Warnungen vor ähnlichen Folgen des Verschlingens wie beim letzten Mal, quittierten die Kerle nur mit Achselzucken. Sie tänzelten in ihr Zimmer und fingen an, sich über die Teilungsmodalitäten zu streiten; Leena versuchte zu telefonieren.
„In Aitlahtis Gefrierfach wurden zwei menschliche Zungen gefunden."
„Ach so, natürlich", sagte ich.
„Er behauptete, sie Moose Kovanen als Mitbringsel angeboten zu haben, damit der die Vögel damit füttert."
„Welche Vögel?"
„Die heimatlichen. Und außerdem wollte er selbst dorthin, auf eine Art Pilgerfahrt. Ist das nicht rührend?"
„Eine Pilgerfahrt zum Grab seiner Frau?"
Nurkkala sagte, daß er sich das auch schon überlegt hätte, aber sicher waren wir uns nur darüber, daß es wesentlich einfachere Methoden gab, Vogelfutter zu besorgen.